I. TOURGUÉNEFF

—

OEUVRES DERNIÈRES

ŒUVRES

DE

I. TOURGUÉNEFF

J. HETZEL ET Cie, EDITEURS

Prix des 10 volumes : 30 francs.

L'Œuvre de TOURGUÉNEFF, publiée en France, se complète, en dehors des 10 vol. édités par la librairie Hetzel, par : PÈRES ET FILS, 1 vol., chez Charpentier, et RÉCITS D'UN CHASSEUR, 1 vol., chez Hachette

Paris. — Typ. G. Chamerot, 19, rue des Saints-Pères. — 17844.

I. TOURGUÉNEFF

OEUVRES

DERNIÈRES

I. TOURGUÉNEFF

sa vie et son œuvre

PAR LE Vᵗᵉ E.-M. DE VOGÜÉ

MONSIEUR FRANÇOIS

LE CHANT DE L'AMOUR TRIOMPHANT

APRÈS LA MORT (CLARA MILITCH)

UN INCENDIE EN MER

DISCOURS DE M. RENAN

PRONONCÉ SUR LA TOMBE DE I. TOURGUÉNEFF

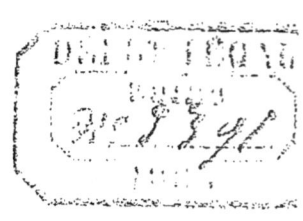

PARIS

J. HETZEL ET Cᴵᴱ, ÉDITEURS

18, RUE JACOB, 18

IVAN SERGUIÉVITCH TOURGUÉNEFF

Il y a des riens, des couleurs, des bruits, qui nous restent longtemps dans l'œil ou dans l'oreille ét finissent par descendre dans l'âme. Un soir d'été, dans un relais de Petite-Russie, on changeait mes chevaux; je demandai à boire à la fille du maître de poste, une paysanne d'U-kraine qui portait le gracieux costume de sa province et jouait avec le vieux rouble d'argent retenu à son cou par un ruban; elle alla chercher une carafe à demi pleine, et, dans le mouvement qu'elle fit pour verser l'eau, le ruban vint battre sur cette carafe, l'écu d'argent roula autour du col de cristal : ce fut un clair tintement, si doux et si sonore! La fille, enchantée, se prit à rire, et s'essaya à répéter le bruit pour son plaisir; en m'éloignant, j'entendais encore cette gamme perlée qui mourait longuement, comme un trille de rossignol, seule dans le sommeil du soir russe, sur le pays muet.

Plus d'une fois, en relisant des pages de Tourguéneff, je me suis rappelé le timbre de ce cristal caressé par le bijou d'argent. C'est bien là le son que rendait l'âme du pauvre grand homme quand une pensée la touchait. Voilà le merveilleux instrument brisé; la terre russe nous l'a repris, lui qui était presque nôtre; elle l'a retiré dans son silence profond; les hivers qui viennent vont rouler sur lui leur lourd linceul de neige. Oh! cette terre de Russie, rude, immense, avec sa glace qui scelle plus vite les tombes et sa neige qui les sépare du bruit des vivants, il semble qu'elle s'entende mieux que toute autre à abolir la mémoire des morts; ce n'est pas à elle qu'il faudrait demander, comme dans l'épitaphe de la jeune Grecque, d'être plus légère aux cendres. Et pourtant Ivan Serguiévitch se fût désespéré à l'idée de dormir ailleurs : il l'aimait tant, sa mère Russie! Le talent de l'écrivain, dans ses meilleures productions, n'était que l'émanation directe de cette terre, une communication spontanée de la poésie des choses; il n'est pas une page de son œuvre où l'on ne sente, suivant l'expression nationale, « la fumée de la patrie ».

Aussi avec quelle passion tout son peuple la respirait dans ses écrits! Certes, nous avions accueilli et adopté Tourguéneff comme s'il était de notre maison ; nul étranger ne fut aussi lu, aussi goûté à Paris ; cette haute gloire a un versant français ; mais enfin nous ne demandions à son œuvre que ce qu'on demande à toute œuvre d'art, dans l'état de civilisation où nous sommes parvenus : un passe-temps raffiné, une diversion aux vrais intérêts de la vie, une impression rapide et extérieure ; nous lisons les livres comme le passant regarde un tableau dans la devanture du marchand, un instant, du coin de l'œil, en allant à ses affaires. Si vous saviez comme ils lisent autrement leurs poètes, là-bas!

Ce qui est pour nous un régal de luxe est pour eux le pain quotidien de l'âme. C'est l'âge d'or de la grande littérature, celui qu'elle a traversé chez tous les peuples très jeunes, en Asie, en Grèce, au moyen âge. L'écrivain est le guide de sa race, le maître d'une multitude de pensées confuses, encore un peu le créateur de sa langue ; poète, au sens ancien et total du mot — *vates,* poète, prophète. Des lecteurs naïfs et sérieux, nouveaux arrivés dans le monde des idées, avides de direction, pleins d'illusions sur la puissance du génie humain, demandent à leur guide intellectuel une doctrine, une raison de vivre, une révélation complète de l'idéal. En Russie, la petite élite d'en haut a atteint depuis longtemps et dépassé peut-être notre dilettantisme; mais les classes inférieures commencent à lire, elles lisent avec fureur, avec foi et espérance, comme nous lisons le *Robinson* à douze ans. *Terres vierges,* disait le grand romancier. Des imaginations sensibles reçoivent de plein choc l'impulsion du livre; elle ne s'amortit pas, comme chez nous, sur un vaste établissement intellectuel; le journalisme n'a pas dispersé les idées et la puissance d'attention; on ne compare pas, donc on croit. Après avoir lu *Pères et Fils,* ou *Une Nichée de gentilshommes,* nous disons : Ce n'est qu'un roman. Pour le marchand de Moscou, le fils du prêtre de village, le petit propriétaire de campagne, sur l'étagère où quelques volumes de Pouchkine, de Gogol, de Nékrassof représentent l'encyclopédie de l'esprit humain, ce roman est un des livres de la bible nationale; il prend l'importance et la signification épique qu'avaient l'histoire d'Esther pour le peuple de Juda, l'histoire d'Ulysse pour le peuple d'Athènes, les romans de *la Rose* ou de *Renart* pour nos ancêtres.

Il y a trois ans, en inaugurant à Moscou la statue de Pouchkine, Tourguéneff citait un mot caractéristique tombé de la bouche d'un paysan aux alentours du monument. A un camarade qui demandait le nom de ce seigneur de bronze, le moujik avait répondu : « C'est un maître d'école. » L'orateur s'appropriait le mot et le développait, disant avec raison que ce passant, dans son ignorance, avait trouvé le vrai nom du héros de la fête. Le premier poète russe avait été le maître d'école de ses concitoyens, il avait suscité leur langue et leur pensée. — Le jour, prochain sans doute, où l'on dressera à Moscou la statue de Tourguéneff, le paysan pourra répéter son mot : celui-là aussi fut un maître d'école.

Sa génération l'écouta de préférence à tout autre. On se tromperait en cherchant uniquement dans ce que nous appelons le talent les causes de cette adoption populaire; combien, parmi ces lecteurs primitifs et passionnés, s'inquiétent du talent, des artifices de forme, des délicatesses de pensée? Dans les lettres comme en politique, un peuple suit d'instinct les hommes qu'il sent lui appartenir, faits de sa chair et de son génie, pétris de ses qualités et de ses défauts. Ivan Serguiévitch personnifiait les qualités maîtresses du vrai peuple russe: la bonté naïve, la simplicité, la résignation. C'était, comme on dit vulgairement, une âme du bon Dieu; ce cerveau puissant dominait un cœur d'enfant. Jamais je ne l'ai approché sans mieux comprendre le sens magnifique du mot évangélique sur les simples d'esprit, et comment cet état d'âme peut s'allier à la science, aux dons exquis de l'artiste. Le dévouement, la générosité du cœur et de la main, la fraternité, tout cela lui était naturel comme une fonction organique. Dans notre monde avisé et compliqué, où chacun est durement armé pour la lutte de la vie, il semblait tombé d'ailleurs, de quelque tribu pastorale et fraternelle de l'Oural : grand enfant doux, distrait, suivant ses idées sous le ciel ainsi qu'un pâtre suit ses troupeaux dans le steppe.

Au physique même, ce haut vieillard tranquille, avec ses traits un peu rudes, sa tête sculpturale et son regard intérieur, rappelait certains paysans russes, l'ancêtre qui préside la table dans les familles patriarcales; ennobli seulement et transfiguré par le travail de la pensée, comme ces paysans d'autrefois qui se firent moines, devinrent des saints, et qu'on voit représentés sur les iconostases des églises avec l'auréole et la majesté de la prière. La première fois que je rencontrai ce bon géant, statue symbolique de son

pays, j'eus grand'peine à définir mon impression; il me semblait voir et entendre un moujik
sur qui serait tombée l'étincelle du génie, qui
aurait été enlevé sur les sommets de l'esprit sans
rien laisser en chemin de sa candeur native. Il
ne se fût certes pas offensé de la comparaison, lui
qui aimait tant son peuple!

Et maintenant, au moment de parler de son
œuvre littéraire, l'envie me prend de jeter la
plume. J'ai dit que cet homme était parfaitement
bon; pourquoi, grand Dieu! ajouter d'autres
éloges, et qu'est-ce que le surcroît des habiletés
de l'esprit dont nous faisons tant d'état? Mais
ce cœur a cessé de battre; ceux qui l'ont connu
sont rares, et ce sont des hommes; ils vont vite
oublier et mourir. Il faut bien montrer aux
autres, à tous, ce que le cœur éteint a laissé de
lui-même dans l'œuvre d'imagination. Cette
œuvre est considérable; elle témoigne d'un la-
beur persévérant. La dernière édition complète,
celle des frères Salaïef, à Moscou, ne renferme
pas moins de dix volumes : romans, nouvelles,
essais dramatiques et critiques. De ces volumes,
les plus dignes de survivre ont été traduits chez
nous avec grand soin sous la direction de l'auteur; Tourguéneff est le seul écrivain russe duquel il y ait plaisir à parler en France, devant

un public initié. Parlons donc de l'écrivain,
mais un peu bas, comme il convient de parler.
sur une tombe à peine fermée, de ce qui est encore
une vanité. Qui sait si l'on est content, là-haut,
devant le Juge, d'avoir écrit, d'avoir manié sur
la place publique ces armes redoutables et in-
certaines, les idées?

I

Le nom des Tourguéneff a occupé durant tout
ce siècle le public russe. Un cousin du romancier, Nicolas Ivanovitch, après avoir marqué
dans le service de l'État sous Alexandre Ier, fut
impliqué dans la conspiration de décembre
1825, et exilé par l'empereur Nicolas; il vécut
le reste de ses jours à Paris, où il publia son
grand ouvrage, *la Russie et les Russes*. C'était
un esprit honnête, distingué, un peu étroit et illu-
sionné; l'un des plus sincères de cette riche génération qui se réveilla libérale après 1812. On sait
comment elle avorta : ces colonels de la garde
avaient vu passer dans leurs songes le cheval
blanc et le panache constitutionnel de M. de La

Fayette; ces universitaires, grisés du *Contrat social*, des théorèmes des physiocrates, avaient rêvé pour leur énorme et pesante Russie un de ces mécanismes fragiles que fabriquait l'abbé Sieyès. Ils jouèrent au conspirateur en enfants; le jeu finit tragiquement; les décembristes allèrent expier leur rêve chimérique en Sibérie ou en exil. Ces cœurs généreux supportèrent leur infortune avec dignité; Nicolas Tourguéneff se fit de loin leur avocat et leur théoricien; surtout il continua à plaider avec chaleur la grande cause de l'émancipation des serfs; son jeune parent n'eut qu'à ramasser une tradition de famille le jour où il sonna le glas du servage avec son premier livre.

Ces Tourguéneff vivaient en gentilshommes terriens dans leur bien du gouvernement d'Orel. Ce fut là qu'Ivan Serguiévitch naquit, en 1818, et qu'il grandit en toute liberté et solitude. Ce pays d'Orel, si souvent et si complaisamment décrit par le romancier, est un bon pays. C'est encore la Grande-Russie, mais on sent que le ciel du sud n'est pas loin; la nature du nord, jusque-là rude et extrême, y entre en contact avec le midi; elle fait quelques efforts pour se modérer et sourire. La terre noire commence; elle allonge à l'infini des plaines ses gras labours, changés l'été en mer de froment. Le chêne apparaît et donne un aspect plus robuste aux maigres lisières de bouleaux. A l'orient, du côté d'Életz et des sources du Don, il y a des vallées charmantes, emplies la nuit de grands feux et de bruits de chevaux; Orel est un des centres d'élevage, les petits paysans et leurs poulains vaguent tout l'été dans ces pâtis de marais. A l'occident, la Desna s'engage dans les vieilles forêts de Tchernigof; la jolie rivière réfléchit les monastères de Briansk, et puis des pins et des trembles, tant que les siècles en ont pu mettre, pendant des lieues et des lieues, d'éternelles lieues russes. Sur le sol humide de ces forêts, le printemps jette une profusion d'herbes et de fleurs comme je n'en ai vu nulle part au monde. A peine la neige fondue au soleil des longues journées, cette riche terre entre en amour, en folie; la sève s'y précipite comme le sang dans de jeunes artères; la vie triomphante éclate sous bois en couleurs, en parfums, en murmures; cette ivresse de la nature étourdit l'homme; le chasseur ou le bûcheron égarés dans ces halliers semblent si chétifs, si tristes!...

De loin en loin, dans les plaines cultivées, des « nids de seigneurs », des habitations toujours

semblables; un corps de bâtiment en bois ou en
briques, élevé sur un perron, surmonté d'un
attique en zinc, flanqué d'une tourelle à cloche-
ton ou, plus modestement, d'une aile en retour;
quelquefois, quand le « seigneur » est riche et
peut réparer, toute cette bâtisse est d'un blanc
de chaux éclatant sous les toits verts ; le plus
souvent, les hypothèques de la banque de dis-
trict rongent le seigneur et sa maison, on s'en
aperçoit aux lézardes, aux bâillements des briques ou des revêtements de sapin, à la folle
avoine qui poursuit l'ortie sur les marches du
perron. Derrière la maison, une allée de tilleuls
joint la grande route; devant, un verger de
cytises et de saules descend en pente douce vers
l'étang, l'immuable étang aux eaux mortes, dans
le creux du ravin ; on croirait qu'aucun vent n'a
jamais ridé cette eau sous les joncs; calme et
muette comme l'existence de la famille qui vé-
gète là, elle subit la couleur du nuage qui passe,
rose le matin, grise le jour; il semble que si la
maison disparaissait, ce vieux miroir figé en
garderait l'image par habitude, et aussi les souvenirs, les pensées des enfants qui ont grandi sur
ses bords; c'est pour cela peut-être que l'homme
russe s'attache si fort à cet humble berceau;
quand, plus tard, il court le monde, et bien qu'il

ait l'âme naturellement errante, quelque chose le tire toujours vers ce monotone horizon.

L'enfance de Tourguéneff s'écoula dans un de ces « nids de seigneurs », qui serviront de cadres à presque tous ses romans. Il eut, suivant la mode d'alors, des gouverneurs français et allemands, de pauvres hères recrutés au hasard, qui enseignaient ce qu'ils ne savaient pas, et qu'on gardait dans les familles nobles comme une domesticité d'apparat. La langue maternelle n'était pas en honneur ; ce fut avec un vieux valet de chambre que le petit garçon lut en cachette des vers russes pour la première fois. Heureusement pour lui, sa vraie éducation se fit sur la bruyère, avec ces chasseurs dont les récits sont devenus plus tard un chef-d'œuvre, sous la plume de l'écrivain. En courant les bois et les marais à la poursuite des gélinottes, le poète faisait sa provision d'images, il amassait à son insu les formes dont il devait un jour revêtir ses idées. Dans certaines imaginations d'enfants, tandis que la pensée sommeille encore, les impressions se déposent goutte à goutte, comme la rosée durant la nuit; vienne l'éveil à la lumière, le premier rayon du soleil fera luire ces diamants.

A l'âge des études plus sérieuses, Ivan Serguiévitch fréquenta les écoles de Moscou et l'Université de Pétersbourg. Les Universités russes étaient alors de maigres nourrices, elles donnaient le goût de la science et ne pouvaient le satisfaire; leurs meilleurs élèves les quittaient avec découragement et allaient demander aux chaires d'Allemagne une nourriture plus substantielle. C'était une mode aussi, et une conviction générale, que pour parfaire les légers cerveaux slaves, il y fallait mettre un peu de plomb allemand. Le ministère de l'instruction publique lui-même envoyait à grands frais ses *candidats* à Berlin ou à Gœttingen. Ces jeunes gens lui revenaient bourrés de philosophie humanitaire et de ferments libéraux, armés d'idées dont ils ne trouvaient pas l'emploi dans leur patrie, mécontents et frondeurs. Le ministère éprouvait l'éternel étonnement de la poule qui a couvé des canards. On recommandait aux gendarmes ces missionnaires suspects de l'Occident, et on en renvoyait d'autres se former à la même école. C'est un des types favoris de la littérature russe, ce jeune *bursch* revenant d'Allemagne et rapportant à ses frères les raisins trop verts de la terre promise. Pouchkine l'avait esquissé, avec son ironie légère, dans le poème d'*Oniéguine,* sous les traits de Lensky :

...Un certain Vladimir Lensky, — avec une
âme purement *gœttinguienne,* — beau garçon à
la fleur de l'âge, — sectateur de Kant et poète.
— De la brumeuse Germanie, il rapportait les
fruits du savoir, — des rêveries hardies, — un
esprit enflammé et assez bizarre, — une parole
enthousiaste, — et des cheveux noirs bouclés
sur les épaules.

Tourguéneff nous donnera plus tard des portraits achevés de l'espèce. Il avait pu les étudier
d'après nature, car il eut pour condisciple, durant son séjour à Berlin, en 1838, le célèbre
socialiste Bakounine. Ivan Serguiévitch a noté
son propre état d'esprit à cette époque dans un
fragment autobiographique publié en tête de ses
œuvres ; sous les formes embarrassées que revêt
la pensée russe, quand elle confie à la presse certains aveux délicats, ce morceau nous livre le secret de toute une génération, et nous apprend
dans quel camp l'écrivain plantera son drapeau.

« Le mouvement qui emportait les jeunes gens
de ma génération à l'étranger faisait penser aux
anciens Slaves, allant chercher des chefs chez les
Varègues, au delà des mers. Chacun de nous
sentait bien que sa *terre* (je ne parle pas de la

patrie en général, mais du patrimoine moral et intellectuel de chacun) *était grande et riche, mais désordonnée*[1]. En ce qui me concerne, je puis dire que je ressentais vivement tous les désavantages de cet arrachement du sol natal, de cette rupture violente de tous les liens qui m'attachaient au milieu où j'avais grandi... mais il n'y avait rien d'autre à faire. Cette existence, ce milieu, et en particulier la sphère à laquelle j'appartenais, la sphère des propriétaires campagnards et du servage, — ne m'offraient rien qui pût me retenir. Au contraire, presque tout ce que je voyais autour de moi éveillait en moi un sentiment d'inquiétude, de révolte, — bref, de dégoût. Je ne pouvais balancer longtemps. Il fallait, ou bien se soumettre, cheminer tranquillement dans l'ornière commune, sur la route battue; ou bien se déraciner d'un seul coup, repousser de soi tout et tous, même au risque de perdre bien des choses chères à mon cœur. Ce fut le parti que je pris... Je me jetai la tête la première dans la « mer allemande », qui devait me purifier et me régénérer, et quand enfin je sortis de ses eaux, je me trouvai un

---

1. C'est la phrase historique, et proverbiale en Russie, que les députés des Slaves auraient prononcée en demandant aux chefs varègues de venir les gouverner.

«Occidental », ce que je suis toujours resté...
Je ne pouvais respirer le même air, vivre en
face de ce que j'abhorrais ; peut-être n'avais-je
pour cela pas assez d'empire sur moi-même,
de force de caractère. Il me fallait à tout prix
m'éloigner de mon ennemi, afin de lui porter de
loin des coups plus assurés. A mes yeux, cet
ennemi avait une figure déterminée, il portait
un nom connu : mon ennemi, c'était le droit
de servage. Sous ce nom, je rangeais et je ra-
massais tout ce contre quoi j'avais résolu de
lutter jusqu'au bout, — avec quoi j'avais juré de
ne jamais faire de paix. Ce fut mon serment
d'Annibal, et je n'étais pas le seul à le faire
alors. J'allais à l'Occident pour mieux remplir
ce serment... »

Voilà le gros mot lâché : l'écrivain sera un
« Occidental », il tiendra pour Japhet contre
Sem, pour la méthode de Pierre le Grand contre
les patriotes retranchés derrière la grande muraille chinoise. Il faut être au courant des polé-
miques russes et de la terminologie des partis
pour comprendre quels orages peut soulever cette
appellation inoffensive, quels flots d'encre et de
bile elle fait couler chaque jour. « Occidental »,
cela signifie, suivant le camp où l'on se place, un
fils de lumière ou un traître maudit. Je me gar-

derai bien de juger le procès; d'autant plus qu'à mon sens, il y a là surtout une querelle de mots; les batailleurs aveuglés par la fumée tomberaient facilement d'accord, s'ils pouvaient se retrouver de sang-froid; la raison, les bonnes lois et les bonnes lettres n'ont pas de patrie déterminée; chacun prend son bien où il le trouve, dans le fonds commun de l'humanité, et l'accommode à sa façon. En lisant ce fragment de confession, on est tenté de s'inquiéter pour l'avenir du poète; on entend derrière ces phrases comme un mauvais grondement de politique; est-ce que la grande suborneuse va le détourner de sa vraie voie? Il n'en sera rien heureusement. Tourguéneff était bien trop littéraire, trop contemplatif et trop détaché, pour se jeter dans cette mêlée où l'on entre avec des convictions et d'où l'on sort avec des intérêts. Sur un seul point il tint son serment, il porta son coup, un coup terrible, au droit de servage; contre cet ennemi, la guerre était sainte, et tous étaient déjà de connivence, à commencer par l'empereur Nicolas; le souverain voyait venir l'émancipation, il eût voulu la faire; comment il ne la fit pas, c'est là un curieux chapitre d'histoire psychologique, mais qui nous entraînerait loin de notre sujet.

Revenu en Russie, Tourguéneff publia dans

les revues du temps ses premiers essais, des
vers, naturellement. Il mérita les encourage-
ments et l'amitié de Biélinsky, le critique dont
les arrêts faisaient loi pour l'opinion. Pourtant
la voix de cette jeune muse ne perça guère et
s'éteignit vite; l'écrivain fit le sacrifice héroïque,
il le fit complet; dans les éditions définitives de
ses œuvres, ce maître prosateur n'a pas donné
asile à un seul des vers de sa jeunesse. Il a été
moins sévère pour quelques saynettes et comédies en prose, composées vers cette époque;
mais, en permettant à ses éditeurs de les publier,
il nous prévient modestement qu'il ne se reconnaît pas le talent dramatique. L'aveu est fondé :
cette voix contenue et nuancée, si éloquente
dans l'intimité du livre, n'était pas faite pour
les sonorités du théâtre. Quelques-unes de ces
pièces furent jouées dans le temps, aucune n'est
restée au répertoire. Reparti pour les pays étrangers, Ivan Serguiévitch envoya de loin à une
revue de Pétersbourg les premiers de ces petits
récits qui allaient illustrer son nom : les *Récits
d'un chasseur.*

Les petits brûlots se glissèrent un à un, de
1847 à 1851, sans malice apparente, abrités sous
leur pavillon poétique; le public n'en comprit
pas d'abord le sens caché, la vigilante censure

elle-même fut prise en défaut. On ne vit là
qu'une tentative littéraire de premier ordre, une
note nouvelle en Russie. Sans doute l'influence
de Gogol était sensible dans le style du jeune
écrivain, dans sa compréhension de la nature;
les *Soirées du hameau* avaient donné le modèle
du genre. C'était toujours la grande et triste
symphonie de la terre russe; mais cette fois l'in-
terprétation de l'artiste était tout autre. Ce n'é-
tait plus l'âpre *humour* de Gogol, le caractère
franchement populaire de ses tableaux, ses
chaudes fusées d'enthousiasme subitement ra-
battues par des rappels d'ironie; chez Tourguéneff, ni joyeusetés ni enthousiasme; une note
plus discrète, une émotion plus dérobée; les
paysages et les hommes sont vus sous la pâle
lumière du soir, à travers une vapeur idéale,
nettement retracés pourtant, et comme concen-
trés dans la prunelle de l'infatigable observateur.

La langue, elle aussi, est plus riche, plus
souple, plus moelleuse, telle qu'aucun écrivain
russe ne l'avait encore portée à ce degré d'expression. Ce n'est pas la prose nette et limpide
de Pouchkine, qui avait beaucoup lu Voltaire,
et qui se souvenait; la phrase de Tourguéneff
coule, lente et voluptueuse, comme la nappe des

grandes rivières russes sous bois, attardée, harmonieuse entre les roseaux, chargée de fleurs flottantes, de nids entraînés, de parfums errants, avec des trouées lumineuses, de longs mirages de ciels et de pays, et soudain reperdue dans des fonds d'ombre; cette phrase s'arrête pour tout recueillir, un bourdonnement d'abeille, un appel d'oiseau de nuit, un souffle qui passe, caresse et meurt. Les plus fugitifs accords du grand registre de la nature, elle les traduit avec les ressources infinies du clavier russe, les épithètes flexibles, les mots soudés entre eux à la fantaisie du poète, les onomatopées populaires.

J'insiste sur ce qui fait la puissance de ce livre : ce n'est qu'un chant de la terre et un murmure de quelques pauvres âmes, directement entendus par nous; l'écrivain nous a portés au cœur de son pays natal, il nous laisse en tête à tête avec ce pays; il disparaît, ce semble; pourtant, si ce n'est lui, qui donc a tiré des choses et condensé à leur surface cette poésie mystérieuse qu'elles recèlent, mais que si peu savent voir, et que nous voyons clairement ici? Les *Récits d'un chasseur* ont charmé bien des lecteurs français; qu'ils sont décolorés cependant à travers le double voile de la traduction et de l'ignorance du pays! Je me figure un lettré de Kief ou de Kazan, n'ayant jamais passé la frontière et lisant en russe les romans rustiques de George Sand, qui ont quelques affinités avec ceux de Tourguéneff : que peuvent dire à cet homme la *Petite Fadette* et *François le Champi?* Comment sentirait-il le parfum de terroir de notre Berry? Il faut avoir vécu dans les campagnes décrites par Ivan Serguiévitch pour admirer comme il nous rend à chaque page la contre-épreuve exacte de nos impressions personnelles, comme il nous fait remonter à l'âme chaque émotion ressentie, aux sens chaque odeur subtile respirée sur cette terre.

Dans cet ordre d'idées, il faut citer entre tous le petit récit intitulé *Biéjin loug.* Le *Biéjin loug,* c'est la prairie où les jeunes paysans mènent paître les troupeaux de chevaux, durant les chaudes nuits d'été. Notre chasseur s'est égaré dans la brume du soir; il erre longtemps par les landes solitaires, jouet des illusions de l'ombre; enfin il aperçoit un feu dans les marais ; c'est le campement des petits pâtres; l'étranger vient s'étendre à leur foyer, et, feignant d'être endormi, il écoute leurs propos. Accroupis autour du brasier, ces enfants se racontent des histoires, de ces histoires qu'on raconte après minuit. Ce

n'est pas qu'ils aient peur, oh! non : seulement
des bruits douteux les font penser, des voix de
nuit qui montent de la rivière, des appels d'or-
fraies, des hurlements de chiens quand le loup
vient flairer les chevaux. La présence de l'invi-
sible agit sur ces âmes simples, et les voilà se
remémorant toutes les croyances du village
russe; on cause des *roussalki*, les dames des
eaux, de l'esprit des bois, du *domovoï*, le génie
de la maison, et de leur camarade Vania, qui se
noya l'an passé, qui appelle les petits pêcheurs
dans les courants profonds. Cela tient le milieu
entre un conte de nourrice et un conte d'Hoff-
mann, et c'est encore autre chose, c'est plus
naturel, plus sérieux; le poète nous a amenés
au diapason voulu avec une habileté infinie, il a
fait parler la terre avant de faire parler ces
enfants, et il se trouve que la terre et les enfants
disent les mêmes choses; ces petits ne sont que
les interprètes du vieux monde slave; ils refont
à leur manière le *Chant d'Igor*, cette épopée
panthéiste des anciens âges d'où toute la poésie
russe est sortie. Cependant la nuit passe, l'esprit
se détend, la lumière renaît et allège l'âme une
admirable description du soleil levant jette une
note éclatante à la fin de cette symphonie fan-
tastique en mineur.

Préférez-vous une corde plus humaine, plus intime? Relisez les *Reliques vivantes*. Entrant d'aventure dans un hangar abandonné, le chasseur aperçoit un être misérable, sans forme et sans mouvement; il reconnaît une ancienne servante de sa mère, une belle et rieuse fille jadis, maintenant paralysée et consumée par on ne sait quel mal étrange. Ce squelette oublié dans cette ruine n'a plus aucun lien qui le rattache au monde; nul n'en prend souci, de bonnes gens remplissent parfois sa cruche d'eau, et il n'a pas d'autres besoins; il vit, si c'est vivre, par le regard et un souffle de voix, « pareil au susurrement de la laîche des marais ». Mais dans ce vain reste d'un corps, il y a une âme, épurée par la souffrance, divinement résignée, soulevée, sans rien perdre de sa naïveté paysanne, sur les hauteurs du renoncement absolu. Loukéria raconte son malheur, comment le mal inconnu la saisit après une chute qu'elle fit, la nuit, en allant écouter les rossignols; comment toutes les fonctions et toutes les joies de la vie l'ont quittée l'une après l'autre. Son fiancé a eu beaucoup de chagrin, et puis, naturellement, il en a épousé une autre : que pouvait-il faire? Elle espère bien qu'il est heureux. Depuis des années, ses seules distractions sont d'écouter la cloche

de l'église et le bourdonnement des abeilles dans
le rucher voisin. Quelquefois une hirondelle
vient voleter sous le hangar, c'est un gros évé-
nement, de la pensée pour plusieurs semaines.
Les gens qui lui apportent de l'eau sont si bons,
elle leur est si reconnaissante ! Et tout doucement, presque gaîment, elle revient avec le
jeune maître sur les souvenirs d'autrefois, elle
lui rappelle avec quelque vanité qu'elle était la
première au village pour les danses et les chansons ; à la fin, elle veut faire effort pour fre-
donner une de ces chansons.

« L'idée que cette créature à demi morte allait
chanter éveilla en moi un effroi involontaire.
Avant que j'eusse pu prononcer une parole, un
son traînant, à peine perceptible, mais pur et
juste, tremblota à mon oreille... Un second
suivit, puis un autre... Loukéria chantait :
« Dans la prairie... » Elle chantait sans que rien
fût changé dans l'expression de son visage pé-
trifié, les yeux toujours fixes. Cette pauvre petite
voix forcée, vacillante comme un filet de fumée,
résonnait si douloureusement, elle se donnait
tant de peine pour exprimer l'âme tout entière !... Ce n'était plus de l'effroi que je ressentais : une pitié indicible me poignait le cœur. »

Loukéria raconte encore ses mauvais rêves, comment sa mort lui est apparue en songe : non pas que sa mort fût effrayante, au contraire, c'est qu'elle s'éloignait et refusait la délivrance. La malade repousse toutes les offres de service du maître; elle ne désire rien, elle n'a besoin de rien, elle est contente de tout et de tous. Comme le visiteur se retire, elle le rappelle d'un dernier mot, bien féminin ; la malheureuse a conscience de l'horrible impression qu'elle doit produire, elle cherche ce qui pourrait survivre en elle de la femme. — « Vous vous souvenez, Bârine, de la belle tresse que j'avais ?... Vous savez, elle descendait jusqu'aux genoux... J'ai hésité long-temps; mais qu'en faire, dans mon état ? Je l'ai coupée, oui... Adieu, Bârine. »

Tout cela ne laisse rien à l'analyse, autant prendre des ailes de papillon; la trame même du récit est si ténue, si simple; c'est peu de chose, et c'est une merveille par tout ce qu'il y a, plus encore par tout ce qu'il n'y a pas. Étant donné le sujet, j'imagine comment diverses écoles litté-raires l'auraient compris. Un romantique du bon temps nous eût montré la fatalité acharnée sur cette créature; il en eût fait une protestation vivante contre l'ordre de l'univers, un monstre douloureux, la femelle de Quasimodo. D'autres,

les illustres amis de la vieillesse de Tourguéneff,
n'eussent pas manqué l'occasion de nous faire
un cours de pathologie ; ils se seraient complu
dans la dissection de ces membres raidis, de ces
plaies secrètes, ils auraient indiqué toutes les
parties abolies du système nerveux et conclu à
l'idiotisme. Un écrivain d'une dévotion ardente
eût transfiguré cette martyre ; elle nous serait
apparue dans un nimbe, abîmée dans la contem-
plation mystique, uniquement soutenue par les
secours célestes. Rien de semblable chez Tourguéneff ; il glisse discrètement sur les misères
physiques, à mots couverts, il voile le cadavre ;
nous comprenons assez qu'il y a un cadavre en
voyant cette âme toute nue, hors de sa chair.
Nulle déclamation, nulle antithèse, l'auteur ne
tente rien pour grossir le cas et frapper notre
imagination ; c'est un accident de la vie, voilà
tout. Pour ce qui est de Dieu, l'humble femme
sait qu'il a d'autres affaires que ce petit malheur ;
elle le prie comme à son habitude, sans insister
autrement, avec la piété ordinaire d'une paysanne
fort étrangère à la mysticité. Le point mis en
lumière, dans ce récit comme dans presque tous
les autres, c'est la résignation stoïque, un peu
animale, de ce paysan russe toujours préparé
à tout souffrir. Le talent est dans la proportion

exquise entre le réel et l'idéal; chaque détail reste réel, dans la moyenne humaine, et l'ensemble baigne dans l'idéal. Voyez plus loin cette autre figure angélique de malade qui passe à travers l'épisode du *Médecin de village;* c'est la même juste mesure, l'homme maintenu dans son attitude naturelle, les pieds à terre et le regard au ciel.

Quand ces fragments furent réunis en volume, le public, indécis jusqu'alors, comprit la signification de l'œuvre; quelqu'un était venu qui osait développer le sens caché dans la sinistre plaisanterie de Gogol sur les *âmes mortes.* Quel autre nom donner à la galerie de portraits rassemblés par le chasseur : petits propriétaires de campagne naïvement égoïstes et durs, intendants sournois, fonctionnaires désœuvrés et rapaces; sous ce monde de fer, des ilotes chétifs, quasi déchus de la condition humaine, touchants à force de misère et de soumission. Le procédé, — si bien déguisé qu'il soit, il y a toujours un procédé, — était invariablement le même; l'auteur faisait repasser dans sa lanterne et nous montrait sous toutes les faces une créature falote, tour à tour risible et pitoyable, sans besoins, sans ressources, condamnée à la vie crépusculaire; à côté du serf apparaissait le maître, fantoche à demi civilisé, bon diable au demeurant, inconscient du mal commis, perverti par la fatalité du milieu. Ce tableau, qui eût dû être laid, repoussant, l'écrivain l'avait revêtu de grâce et de charme, en quelque sorte contre sa volonté, par la vertu intime de sa poésie. — Pourquoi les ressorts de la vie étaient-ils brisés chez tous les héros du livre? D'où venait cette malaria sur la campagne russe? Quel était le nom de cette peste? — On laissait au lecteur le soin de répondre.

Il n'est pas très exact de dire que Tourguéneff ATTAQUA le servage; les écrivains russes, par suite des conditions qui leur sont faites aussi bien que par le tour particulier de leur génie, n'attaquent jamais ouvertement, ils n'argumentent ni ne déclament : ils dépeignent sans conclure et font appel à la pitié plus qu'à la colère. Vingt ans plus tard, quand Dostoïevski publiera les *Souvenirs de la maison des morts*, ses terribles souvenirs de dix années en Sibérie, il procédera de même, sans un mot de révolte, sans une goutte de fiel, semblant trouver ce qu'il décrit tout naturel, un peu triste seulement. C'est le trait national en toutes choses. — Un jour, je couchais à l'auberge d'Orel, dans la patrie de notre auteur; un roulement de tambours

me réveilla; je regardai sur la place du marché;
au milieu d'un carré de troupes et de peuple on
avait dressé le pilori, une grande colonne de
bois noir sur une plate-forme d'échafaud; on y
attachait trois pauvres diables qui portaient au
cou des écriteaux avec la mention de leurs mé-
faits. Ces larrons avaient l'air très doux, très
inconscients de ce qui leur arrivait; ils étaient
très beaux, liés à cette colonne, avec leurs têtes
de christs slaves. L'exposition dura longtemps,
le clergé vint les bénir, et quand la charrette les
ramena à la prison, les soldats et le peuple se
précipitèrent derrière eux en les comblant de
provisions, de menue monnaie, en les plaignant
de tout cœur. — En Russie, l'écrivain qui veut
réformer agit comme la justice, par démonstra-
tion mélancolique, avec des retours d'indulgence
sur les maux qu'il dévoile. Le public entend
à demi mot.

Il entendit cette fois; la Russie du servage se
regarda avec effroi dans le miroir qu'on lui tendait; un long frémissement la secoua; du jour
au lendemain l'auteur fut célèbre et sa cause à
moitié gagnée. La censure comprit la dernière,
mais enfin elle comprit, elle aussi. On s'éton-
nera peut-être de sa susceptibilité : j'ai dit que
le servage était condamné jusque dans le cœur

2

de l'empereur Nicolas. Il faut savoir que la censure ne veut pas toujours ce que veut l'empereur; du moins elle veut en retard, elle est parfois en arrière d'un règne. Elle renonça à sévir
contre le livre, mais elle guetta l'auteur. Gogol
étant mort sur ces entrefaites, Tourguéneff con-
sacra au défunt un article chaleureux. Cet article
paraîtrait bien inoffensif aujourd'hui, il figure
dans l'édition complète, et nous aurions peine
à y découvrir le crime, si le criminel ne nous
avait révélé le secret dans une note fort gaie :

« A propos de cet article, je me souviens qu'un
jour, à Pétersbourg, une dame très haut placée
critiqua le châtiment qu'on m'avait infligé, le
jugeant immérité, ou du moins trop rigoureux.
Comme elle prenait chaudement ma défense,
quelqu'un lui dit : « Vous ignorez donc que dans
cet article il nomme Gogol *un grand homme?* —
Ce n'est pas possible? — Comme je vous l'assure. — Ah! dans ce cas, je n'ai plus rien à dire;
je regrette, mais je comprends qu'on ait dû
sévir. »

Ce qualificatif impertinent, donné à un simple
écrivain, valut à Tourguéneff un mois d'arrêts,
puis le conseil d'aller méditer dans ses terres.

J'imagine qu'il trouva alors la société très mal faite, tant nous sommes injustes pour le pouvoir qui veut notre bien. Il faut pourtant l'avouer, ce pouvoir sert quelquefois nos intérêts mieux que nous-mêmes, et les lettres de cachet sont généralement d'accord avec les vues de la Providence. Trente ans plus tôt, un ordre d'exil avait sauvé Pouchkine en arrachant le poète aux dissipations de Pétersbourg, où il perdait son génie, en l'envoyant au soleil d'Orient, où ce génie devait s'épanouir. Si Tourguéneff fût resté dans la capitale, la chaleur de la jeunesse et les amitiés compromettantes l'eussent peut-être entraîné dans quelque stérile échauffourée politique; rendu à la solitude de ses bois, il y vécut des années laborieuses, étudiant l'humble vie de la province russe et en fixant les traits dans ses premiers grands romans.

II

Le roman de mœurs et de caractères est depuis trente ans la forme préférée des écrivains russes, le vêtement commode qu'ils donnent à toutes

leurs idées philosophiques ou politiques. Tourguéneff est le père de cette innombrable famille :
jusqu'à lui et durant la première moitié du siècle,
je serais fort en peine de nommer un livre répon-
dant aux exigences de ce genre littéraire, tels les
que nous les concevons aujourd'hui en Occident.
Les petites nouvelles en prose de Pouchkine,
empruntées le plus souvent à des sujets histori-
ques, appartiennent encore à l'ancienne école
narrative; ce sont des modèles de composition
classique, des épisodes vivement imaginés. plutôt que l'étude de la réalité contemporaine. Ler-
montof, dans le *Héros de notre temps,* s'approcha
davantage de notre idéal moderne; son *Petcho-
rine* personnifia l'âme d'une génération, comme
avait fait notre *René;* mais, comme René, il se
borna à exhaler un gémissement, sans daigner
étudier le monde qui l'entourait; les trois nouvelles réunies sous le titre que je viens de citer
sont peut-être le chef-d'œuvre du romantisme en
Russie, mais ce sont de brèves esquisses; le
poète, mort à vingt-sept ans, n'eut pas le temps
d'en développer les lignes. Gogol vint enfin et
appliqua à la société russe ses dons merveilleux
d'observation; les *Ames mortes* sont une sorte
d'épopée, d'odyssée tragi-comique; ce livre
serait unique, si le *Don Quichotte* n'existait pas,

et je ne doute pas que la postérité ne place l'admirable écrivain tout à côté de Cervantès ; les *Ames mortes* sont plus qu'un roman, ce n'est pas le roman, c'est-à-dire l'étude d'une passion agissant sur un caractère donné. Bien au-dessous de ces maîtres, je trouve Marlinsky et ses imitateurs, les romanciers ingénus qui eurent le privilège de faire pleurer les jeunes filles russes entre 1830 et 1840 ; il faut toujours que quelqu'un fasse pleurer les jeunes filles, mais le génie n'y est pas nécessaire ; Marlinsky avait pris pour modèles Ducray-Duminil et le vicomte d'Arlincourt ; ses inventions sentimentales ne visent pas plus loin ; pour les relire aujourd'hui, il faut une fraîcheur d'illusions qu'on ne retrouve plus que dans les cabinets de lecture de Tambof.

Après 1840, la Russie, toujours si désireuse de ne pas retarder sur l'Occident, attendait un George Sand ou un Balzac. Tourguéneff se promit d'être l'un et l'autre, et il y réussit. Ivan Serguiévitch assurait qu'il n'aimait pas Balzac : c'est possible, on n'aime pas toujours son maître, mais je réponds qu'il l'avait étudié de près. Le Russe se proposa d'écrire, lui aussi, la comédie humaine de son pays ; à cette vaste tâche, il apporta moins de patience, d'ensemble et de méthode que le romancier français, mais plus de cœur, plus de foi, et le don du style, l'éloquence pénétrante qui manqua à l'autre. S'il est vrai, en France, qu'aucun historien ne pourra retracer la vie de nos pères sans avoir lu et relu Balzac, cela est encore plus vrai en Russie de Tourguéneff; là-bas, l'histoire contemporaine était muette, et pour cause; quand les historiens de l'avenir voudront faire revivre la Russie de Nicolas et des premières années d'Alexandre II, ils s'arrêteront découragés devant le vide et le silence des documents positifs; mais un témoin les aidera à évoquer les morts, l'auteur qui sut discerner les courants d'idées naissants à cette époque de transition, incarner dans des types abstraits les états d'esprit les plus fréquents chez ses contemporains. Entre 1850 et 1860, la Russie a marché à tâtons, lasse et inquiète, comme un voyageur égaré aux premières heures de nuit; à l'horizon, de pâles lueurs d'aube, des bouts de route, des contours de sommets vaguement entrevus; partout la confusion de ces heures douteuses, l'attente de l'aurore, la précipitation irréfléchie chez les uns, la fatigue et la peur chez les autres. Il fallait de bons yeux pour voir et dessiner, dans cette troupe en marche, les figures qui émergeaient de l'ombre, celles qui reculaient volontairement dans la nuit et que le jour ne trouverait plus. Tourguéneff en saisit plusieurs; parcourons rapidement la galerie, en feuilletant les romans écrits à cette époque.

Dans le premier, *Roudine,* l'auteur étudie un tempérament qui est de tous les temps et de tous les pays, mais qui semble avoir trouvé son climat d'élection en Russie. Ce Roudine, le héros de l'histoire, est un idéaliste éloquent, habile en paroles, incapable en action; il se grise et grise les autres de sa faconde, il se précipite dans la vie comme un torrent d'idées généreuses et lumineuses; mais chaque épreuve de la vie tourne contre lui, faute de caractère. Avec les meilleurs principes du monde, sans autre vice qu'une vanité naïve, il commet des actes indignes d'un galant homme; on le croirait un cynique, à le voir vivre aux crochets de ses dupes, séduire une jeune fille, subir l'outrage d'un rival; et pourtant, il est lui-même sa première dupe : le fond de son âme est trop honnête pour profiter jusqu'au bout des occasions offertes; sans courage pour le bien ni pour le mal, il retombe sans cesse dans le vide et la misère, il apprend en vieillissant à connaître son irrémédiable impuissance; il finit misérablement. Les cinquante premières pages du roman sont un chef-d'œuvre d'exposition; l'auteur

nous introduit dans une petite société de campagne, il marque rapidement la place et le caractère de chaque personnage ; soudain le Messie
attendu arrive dans ce milieu un peu terne, il
s'y installe en conquérant ; tout pâlit aux fusées
de son éloquence ; seul un vieux sceptique har-
gneux lui donne la réplique et représente la réalité prosaïque de la vie, dans sa lutte éternelle
contre l'enthousiasme idéal. Petit à petit, le mi-
rage se dissipe, les gens pratiques retirent leur
confiance au prodige, les jeunes personnes sé-
duites se reprennent à temps. Tous ces humbles
comparses édifient patiemment leur vie au ras
de terre et finissent avec de bonnes rentes, de
bonnes femmes, de bons amis, tandis que le
prodige, malgré toute sa supériorité intellectuelle, roule de chute en chute. La prose a
triomphé de l'idéal. Pour son début, le romancier touchait au vif un des grands défauts de l'esprit russe et donnait à ses compatriotes une
utile leçon ; il leur disait que les aspirations magnifiques ne suffisent pas, qu'il y faut joindre le
sens pratique, l'application, le gouvernement de
soi-même.

Dans *Roudine,* étude morale et philosophi-
que, le romancier avait remué des idées et inté-
ressé les esprits ; on se demandait s'il serait aussi

habile à développer des sentiments, à émouvoir les cœurs. *Une Nichée de gentilshommes* fut sa réponse : ce sera, je crois, son meilleur titre de gloire. Ce roman n'est pas sans défauts, l'exposition est moins alerte que dans le précédent, l'auteur s'attarde aux généalogies de ses personnages, l'intérêt se fait attendre ; mais une fois l'action engagée, elle est conduite avec un art consommé. La « nichée », c'est une de ces vieilles maisons provinciales où les générations se sont succédé ; dans ce milieu grandit une jeune fille qui va servir désormais de prototype à toutes les héroïnes du roman russe ; une âme simple, honnête, sans dehors brillants, sans dons particuliers dans l'esprit, mais imprégnée d'une grâce pénétrante et armée d'une volonté de fer ; cette volonté que Tourguéneff refuse aux hommes, qu'il donne comme un trait commun à toutes les filles de son imagination, et qui les porte aux extrémités les plus diverses, suivant les directions où le sort les pousse. Lise a vingt ans, elle est demeurée insensible aux séductions d'un beau tchinovnik de qui sa mère est coiffée : cependant, de guerre lasse, elle va lui engager sa parole, quand survient un parent éloigné, Lavretzky. Celui-ci est marié, mais séparé depuis longtemps d'une femme indigne, qui court les

3

aventures dans les villes d'eaux de l'étranger ; il n'a rien d'un héros de roman, c'est un homme paisible, bon et malheureux, d'âge et d'esprit sérieux. Tous ces gens-là existent, ils ont été vus dans la vie réelle.

Un attrait mystérieux rapproche Lise et La-vretzky; au moment où ce dernier, plus expérimenté, reconnaît avec effroi le nom qu'il faut donner à leur sentiment mutuel, un article de journal lui apprend la mort de sa femme; il est libre, et le soir même, dans le jardin de la vieille maison, l'aveu des deux cœurs s'échappe comme un fruit mûr qui tombe; la scène est délicieuse, si naturelle et si peu banale! Le bonheur des deux amants dure une heure; la nouvelle était fausse, le lendemain la femme de Lavretzky surgit à l'improviste. On devine tous les développements que comporte la situation; ce qu'on ne peut deviner, c'est la délicatesse de main avec laquelle le romancier conduit deux âmes absolument honnêtes au travers de ce péril. Le sacrifice est accompli de part et d'autre, résolument par la jeune fille, avec des luttes poignantes par l'homme. Nous voici espérant la disparition de la femme gênante et méprisable : le lecteur le moins féroce supplie l'auteur de la faire mourir. Hélas! les amateurs de dénoûments heureux doivent fermer le livre. Mme Lavretzky ne meurt pas, elle continue à vivre, et fort gaillardement; Lise n'aura connu de la vie qu'une promesse d'amour, apparue et disparue avec les étoiles d'une courte nuit de mai ; elle ne demandera pas sa revanche, elle reporte à Dieu son cœur blessé et s'ensevelit dans un monastère.

C'est là, dira-t-on, une vertueuse histoire pour les petites filles, dans le genre de Mme Cottin. Résumé sommairement, le thème a l'air vieillot ; il faut en lire les développements pour voir avec quel art nouveau, avec quel souci de la réalité le romancier a rajeuni son sujet dans un large courant de vérité humaine. Pas la moindre fadeur sentimentale dans ce douloureux récit, pas d'éclats de passion ; une touche discrète et chaste, une émotion contenue qui va croissant et nous étreint le cœur.

Le livre s'achève par un épisode de quelques pages, qui est et restera l'un des modèles de la littérature russe. Huit années se sont écoulées, Lavretzky revient, par un matin de printemps, au nid de seigneurs ; une nouvelle génération l'habite, les enfants que nous y avons laissés sont devenus à leur tour de jeunes femmes et de jeunes hommes, avec leurs sentiments et leurs intérêts nouveaux ; le revenant, à peine reconnu par eux, tombe au milieu de leurs jeux ; c'est ainsi qu'avait débuté le récit, il semble que nous en recommencions la lecture. Lavretzky s'assied sur le banc où jadis il serra, pendant une minute, la main qui égrène depuis lors le rosaire dans un cloître ; les jeunes oiseaux du vieux nid ne peuvent répondre aux questions de ce trouble-fête, ils ont oublié la disparue, ils ont bien d'autres affaires et reprennent leur partie de barres. Tandis que la solitude et le chagrin de la vieillesse dévastent ce cœur mort, les mêmes mots reviennent peindre la même nature vivante, les joies nouvelles et toujours semblables de nouveaux enfants ; c'est le retour de la mélodie initiale dans le finale d'une sonate de Chopin.

Jamais peut-être on n'avait rendu aussi sensible, par un exemple particulier, la mélancolique opposition entre la pérennité de la nature et la caducité de l'homme : jamais points de comparaison mieux choisis ne nous avaient fait mesurer plus cruellement la chute impitoyable du temps. L'auteur nous a si bien attachés aux personnages du passé que tous ces enfants, nouveaux venus à la fête de la vie, nous paraissent presque haïssables. J'aurais voulu citer en entier ces pages, mais séparées de ce qui les précède, elles perdent leur sens, elles ne valent que par la lente préparation de tout le récit, qui accumule seule leur puissance. En les achevant, on est tenté d'appliquer à Tourguéneff ce qu'il dit ailleurs d'un de ses héros : « Il possédait le grand secret de cette musique qui est l'éloquence ; il savait, en touchant certaines cordes du cœur, faire tressaillir et résonner sourdement toutes les autres. »

Une Nichée de gentilshommes fixa la renommée de l'écrivain. Ce monde est chose si bizarre que le poète, comme le conquérant, comme la femme, gagne l'attachement des hommes en les faisant souffrir et pleurer. Toute la Russie versa des larmes sur ce livre, la pauvre Lise devint l'idéal de toutes les jeunes filles ; il faudrait remonter à *Paul et Virginie* pour trouver une œuvre romanesque ayant exercé une influence aussi souveraine sur une génération et un pays. Il semble que l'auteur lui-même continuât d'être hanté par le type puissant qu'il avait enfanté. Hélène, la victime du roman intitulé: *A la Veille,* c'est encore l'implacable volonté féminine, la fille sérieuse, renfermée et obstinée, poussant à l'aventure dans la solitude, échappant à toutes les influences, disposant d'elle-même avec un suprême mépris de l'obstacle. Cette fois, les circonstances ont changé : l'homme est libre, mais repoussé par la famille; comme Lise allait au cloître, malgré les supplications des siens, Hélène va à son amant et se donne à lui; elle ne soupçonne pas une minute que son acte puisse être coupable, elle le rachète d'ailleurs par la constance du dévouement tout le long d'une vie d'épreuves. Dans ces études de caractères, un trait d'observation domine, et il est saisi sur le vif du tempérament national; l'homme est irrésolu, la femme est décidée; c'est elle qui force la destinée, sait et fait ce qu'elle veut. Tout ce qui dans nos idées serait hardiesse et impudeur, l'auteur le raconte avec tant de simplicité et d'une plume si chaste, qu'on est tenté d'y voir uniquement la liberté d'une âme plus virile; les filles droites et passionnées qu'il crée sont capables de tout, sauf de trembler, de trahir et de mentir.

Avec *Une Nichée de gentilshommes*, Ivan Serguiévitch avait donné sa note intime. il avait épanché la source secrète, grossie de toutes les larmes refoulées dans le cœur durant la jeunesse, et qui tourmente le poète jusqu'au jour où elle trouve une issue dans son œuvre. Il se remit à étudier le milieu social; dans ce grand branle intellectuel qui agita la Russie vers 1860, à la veille de l'émancipation, il écrivit *Pères et Fils*. On sait que ce livre marque une date dans l'histoire des idées. Le romancier avait eu la rare bonne fortune de discerner un état d'esprit nouveau, de le fixer dans un type inoubliable, et celle plus rare encore de baptiser cet état d'esprit du nom que tous cherchaient sans pouvoir le trouver; c'était le bonheur de Christophe Colomb doublé de celui d'Améric Vespuce.

« Qu'est-ce que ce Bazarof? demande un des PÈRES, un des braves gens de la vieille génération. — Tu veux le savoir? lui répond son jeune fils, ami et disciple du terrible étudiant en médecine: C'est un *nihiliste*. — Tu dis?... — Je dis: un nihiliste. — Nihiliste, répète le vieillard, ah! oui, cela vient du latin *nihil*, chez nous *nitchevo*, autant que je puis juger; cela doit signifier un homme qui n'admet rien. — Dis plutôt, ajoute un autre vieux, qui ne respecte rien. — Qui considère tout du point de vue critique, reprend le jeune homme. — C'est la même chose. — Non, ce n'est pas la même chose. Le nihiliste, c'est l'homme qui ne s'incline devant aucune autorité, qui n'admet aucun principe comme article de foi, de quelque respect que soit entouré ce principe. »

Le bonhomme Kirsanof, un classique de 1820,

ne remontait qu'au latin. Pour mieux comprendre, nous remontons plus haut aujourd'hui, jusqu'à la racine du mot et de la philosophie qu'il résume ; jusqu'à cette vieille souche âryenne dont les Slaves sont une des maîtresses branches. Le nihilisme, c'est le *nirvâna* hindou, l'abdication découragée de l'homme primitif devant la puissance de la matière et l'obscurité du monde moral ; et le *nirvâna* engendre nécessairement la réaction furieuse du vaincu, l'effort aveugle pour détruire cet univers qui l'écrase et le déconcerte. Max Müller, revenant sur la définition de Burnouf, nous assure que *nirvâna* signifie proprement : « l'action d'éteindre une lumière en la soufflant. » — N'est-ce pas là le fait de ces pauvres malheureux qui aspirent à éteindre en Russie la lumière de la civilisation ? — Mais je ne dois pas me laisser entraîner par un sujet qui exigerait de vastes développements. Aussi bien le nihilisme, tel qu'il s'est fait lugubrement connaître à nous, n'est encore qu'à l'état d'embryon dans le fameux livre de Tourguéneff.

Je veux seulement appeler l'attention du lecteur sur un autre mot du romancier, étonnamment juste et peut-être plus fécond en révélations que le vocable dont la fortune devait être si brillante. Comme dans tous les romans de l'auteur, c'est ici une jeune fille qui a le beau rôle de sentiment et de raison; un jour, en discutant avec l'ami de Bazarof, un gamin naïf qui se croit nihiliste parce qu'il répète les aphorismes de son maître, cette jeune fille lui dit tout à coup : « Tenez, votre Bazarof m'est étranger, et vous-même vous lui êtes étranger. — Pourquoi cela? — Comment vous dire?... C'est un animal sauvage, et vous et moi, nous sommes des animaux apprivoisés. » — Cette comparaison fait apercevoir, mieux qu'un volume de dissertations, la nuance qui sépare le nihilisme russe des maladies mentales similaires dont l'humanité a souffert, depuis les jours de l'Ecclésiaste jusqu'à nos jours. Le Bazarof, ce fils de paysans cynique, amer, qui va crachant sur toutes choses ses brèves sentences en langage tour à tour populaire et scientifique, brave d'ailleurs, incapable d'une action vile, refoulant par orgueil les instincts de son cœur, c'est au fond un sauvage subitement instruit qui nous a volé nos armes. Le héros de Tourguéneff a bien des traits communs avec un Peau-Rouge de Fenimore Cooper; seulement c'est un Peau-Rouge qui s'est grisé avec des tirades de Hegel et de Buchner au lieu d'eau de feu, qui se promène dans le monde civilisé avec un bistouri, au lieu de s'y préci-

piter avec un tomahawk. Quand les fils de Bazarof feront « de la propagande par le fait », ils
sembleront tout pareils à nos révolutionnaires
d'Occident; regardez de près, vous retrouverez
la nuance entre l'animal sauvage et l'animal
apprivoisé. Nos pires révolutionnaires ne sont
que des chiens furieux; le nihiliste russe est un
loup.

Voyez comme il se comporte dans les deux
grandes épreuves où le romancier nous le montre, l'amour et la mort. Une femme belle, coquette, ennuyée, tentée par cette conquête
étrange, un peu louve elle-même, comme beaucoup des héroïnes de Tourguéneff, s'est mise à
jouer avec le fauve; le voilà blessé au cœur, lui le
détracteur ironique de l'idéal, lui qui n'a trouvé
d'abord, pour exprimer son admiration, que ce
cri de carabin : « Un riche corps, ma foi! et qui
ferait bien dans un musée d'anatomie! » — Bazarof s'indigne contre ce sentiment, qui n'est
réductible à aucune de ses deux méthodes, l'explication critique ou la négation; puis, vaincu
par la douleur, il procède à la manière du loup
qui convoite une proie, il s'éloigne avec défiance,
se rapproche, se hérisse, taciturne et ardent :
dans ce manège, il laisse échapper les moments
favorables dont un autre eût profité avec succès,

et soudain, mal à propos, il s'élance d'un bond
bestial sur sa proie; la coquette lui échappe, il
s'en retourne la tête basse, dévorant son orgueil
meurtri, il va se ronger en silence dans la solitude. Et la mort de Bazarof! Il s'est empoisonné
le sang en étudiant le cadavre d'un typhoïde, il
se sait perdu; cette agonie sombre, muette, hau-
taine, c'est encore l'agonie de la bête sauvage
emportant sa balle dans le hallier; c'est la *Mort
du loup* telle que Vigny l'a dépeinte et comprise
avec son stoïcisme désolé :

> Gémir, pleurer, prier est également lâche :
> Fais énergiquement ta longue et lourde tâche,
> Puis après, comme moi, souffre et meurs sans parler.

Le nihiliste renchérit sur le stoïque, il ne fait pas
de tâche avant de mourir : rien ne vaut la peine
de rien.

Le romancier mit tout son art à composer un
personnage déplorable, mais nullement odieux.
Effacez un seul trait du tableau : ce mépris de
tout ce que nous vénérons, cette *inhumanité*,
nous paraîtront intolérables; chez l'animal apprivoisé, ce serait perversion, oubli des règles
apprises; chez l'animal sauvage, c'est instinct,
révolte native; l'auteur désarme habilement
notre morale devant cette victime de la fatalité,

ce cerveau envahi trop brusquement par la science comme par une apoplexie. — La sensibilité du poète prend sa revanche avec les figures des *pères,* ces bonnes gens de la vieille roche qui regardent timidement bouillonner le flot nouveau et cherchent à le contenir à force de tendresse. Jamais encore Tourguéneff n'avait poussé aussi loin la puissance créatrice, le don de l'observation minutieuse. Je voudrais en citer des exemples, et c'est fort difficile avec lui, car il dédaigne les morceaux de bravoure, les pages à effet; chaque détail n'est précieux que par le concours discret prêté à l'ensemble de l'œuvre. Détachons cependant deux silhouettes épisodiques, qui passent un instant dans le récit avec une vérité saisissante. Voici une physionomie qui est bien de son pays et de son temps, un haut fonctionnaire de Saint-Pétersbourg, un futur homme d'État, venu en province pour reviser l'administration :

« Mathieu Ilitch était ce qu'on appelait alors « un jeune »; il avait à peine dépassé la quarantaine; il visait déjà les grands postes de l'État et portait une plaque de chaque côté de la poitrine. L'une d'elles, à la vérité, était étrangère et des plus communes. Comme le gouverneur qu'il

venait juger, il passait pour un progressiste, et,
bien que déjà gros bonnet, il ne ressemblait pas
à la plupart des gros bonnets. Il avait de soi-
même une haute opinion ; sa vanité ne connaissait pas de bornes, mais il affectait une attitude
simple, il vous regardait d'un air encourageant,
vous écoutait avec indulgence ; il riait avec
tant de bonhomie qu'au premier abord on pouvait le prendre pour « un bon diable ». Néan-
moins, dans les grandes occasions, il savait,
comme on dit, jeter de la poudre aux yeux. —
« L'énergie est nécessaire », disait-il alors, et il
ajoutait en français : « L'énergie est la première
« qualité d'un homme d'État. » — Avec tout cela,
il restait le plus souvent dans les dindons, chaque
tchinovnik un peu expérimenté le menait par le
nez à sa fantaisie. Mathieu Ilitch parlait avec
beaucoup d'admiration de Guizot ; il s'efforçait
de faire entendre à chacun qu'il n'appartenait
pas à la catégorie des routiniers, des bureau-
crates attardés, qu'il était attentif à toutes les
manifestations considérables de la vie so-
ciale, etc... Ce vocabulaire, il le possédait à
fond. Il se tenait même au courant de la littérature contemporaine, bien qu'avec une
nuance de majesté distraite : tel un homme mûr,
rencontrant dans la rue une procession de ga-

mins, se joint à elle un moment. Au fond, Mathieu Ilitch ne différait pas sensiblement des hommes d'État du règne d'Alexandre Ier, qui allaient aux soirées de Mme Swetchine et se préparaient le matin en lisant une page de Condillac; les dehors seuls étaient autres chez lui, plus contemporains. C'était un courtisan adroit et rusé, rien de plus; il n'entendait mot aux affaires publiques; ses vues étaient nulles, mais il savait admirablement mener ses propres affaires; sur ce point, il ne se laissait jouer par personne. N'est-ce pas là le principal? »

Ailleurs, c'est la princesse X***, une étude de femme bien fine et bien locale :

« Elle passait pour une coquette évaporée; elle s'abandonnait avec fureur aux plaisirs de tout genre, dansant jusqu'à tomber de lassitude, riant et folâtrant avec les jeunes gens, qu'elle recevait avant dîner dans un salon à demi éclairé; et la nuit, elle priait, pleurait, elle errait parfois jusqu'au matin dans sa chambre, cherchant vainement une place où reposer, tordant ses mains d'ennui; ou bien elle restait assise, pâle et froide, penchée sur son psautier. Le jour venait, de nouveau elle

se métamorphosait en femme du monde, elle
sortait, babillait, souriait et se jetait littérale-
ment au-devant de tout ce qui pouvait lui
procurer un instant de distraction... — Même
quand elle se donnait entièrement, il restait en
elle quelque chose de secret et d'insaisissable
que nul ne pouvait atteindre. Dieu sait ce qui
nichait dans cette âme! Il semblait qu'elle fût
en puissance de forces mystérieuses, inconnues à elle-même; ces forces jouaient avec elle
à leur gré, et son esprit limité ne pouvait domi-
ner leurs caprices. Toute sa conduite présentait une suite de contradictions; les seules
lettres qui eussent pu éveiller les justes soupçons d'un mari, elle les avait écrites à un
homme qui lui était presque étranger; l'amour
y parlait d'un ton plaintif. Jamais elle ne riait
ni ne plaisantait avec celui qu'elle avait choisi;
elle l'écoutait en le considérant avec une sorte
de stupeur; parfois cette stupeur se changeait
brusquement en terreur glacée; son visage revê-
tait alors une expression morte, sauvage; elle
s'enfermait dans son appartement, et sa femme
de chambre, l'oreille collée à la serrure, l'entendait sangloter sourdement. »

Tout en poursuivant ces grands travaux, Ivan

Serguiévitch revenait souvent aux simples histoires qui avaient fait la fortune des *Récits d'un
chasseur*. De ces années laborieuses datent les
charmantes nouvelles d'inspiration si variée :
*Moumou, l'Accalmie, les Trois Rencontres, le
Premier Amour*, et vingt autres, légères aqua-
relles appendues entre les grands tableaux tout
le long de la riche galerie du peintre. Ce sont
des esquisses faites parfois avec un rien, un trait
de mœurs paysannes, un souvenir fugitif, une
vision intérieure; l'artiste délicat excellait à ces
demi-teintes, à ces touches sobres qui indiquent
sans appuyer une figure, une douleur, un frisson du cœur. Je ne sais rien de plus achevé dans
ce genre que les soixante pages intitulées : *Annouchka*. C'est un souvenir de la vie d'étudiant
en Allemagne, un timide amour qui s'est à peine
avoué à lui-même. Annouchka est une jeune fille
russe, une enfant effarouchée, fantasque, vive
comme une fauvette; impossible d'oublier, après
l'avoir lu, le portrait de cette étrange fille. L'étudiant la rencontre, l'aime à son insu, et tandis
qu'il hésite à la prendre au sérieux, l'enfant
blessée disparaît; l'homme, qui ne l'a comprise
qu'après l'avoir perdue, se lamente sur cette
ombre évanouie. Je cite au hasard quelques
lignes de ce poème en prose, le prélude d'un sen-

timent qui s'ignore : les deux jeunes gens reviennent le soir d'une promenade sur les bords du Rhin :

Je la regardais, toute baignée dans le clair rayon de soleil, calme et douce. Tout brillait joyeusement autour de nous, sous nos pieds et sur nos têtes, — le ciel, la terre, les eaux : on eût dit que l'air même était saturé de clarté.

— Regardez, comme c'est bien ! dis-je en baissant involontairement la voix.

— Oui, c'est bien ! répondit-elle sur le même ton, sans lever les yeux vers moi. Si nous étions des oiseaux, vous et moi, comme nous volerions, comme nous glisserions !... nous nous serions noyés dans ce bleu. Mais nous ne sommes pas des oiseaux.

— Les ailes peuvent nous pousser, répliquai-je.

— Comment cela ?

— Vivez seulement, et vous le saurez. Il y a des sentiments qui nous soulèvent de terre. N'ayez pas peur, les ailes vous viendront.

— Et vous, vous en avez eu ?

— Comment vous dire ?... Il me semble que jusqu'à présent je n'ai pas volé.

Annouchka se tut, pensive. Je me rapprochai d'elle ; soudain elle me demanda :

— Savez-vous valser ?

— Oui, répondis-je, assez intrigué par cette question.

— Alors, venez, venez. Je prierai mon frère de nous jouer une valse. Nous nous figurerons que nous volons, que les ailes nous sont poussées...

... Je la quittai assez tard. En repassant le Rhin, à mi-distance entre les deux rives, je demandai au passeur de laisser la barque dériver au courant. Le vieillard leva les avirons et le fleuve royal nous emporta. Je regardais autour de moi, j'écoutais, je me souvenais; subitement, je sentis au cœur un trouble secret; je levai les yeux au ciel; mais le ciel même n'était pas tranquille; tout troué d'étoiles, il se mouvait, palpitait, frissonnait. Je me penchai sur le fleuve; là aussi, dans ces sombres et froides profondeurs, les étoiles scintillaient, tremblaient; l'agitation de la vie m'environnait, et moi-même, je me sentais de plus en plus agité. Je m'accoudai sur le rebord de la barque; le murmure du vent à mes oreilles, le clapotement sourd de l'eau sous le gouvernail irritaient mes nerfs, les fraîches exhalaisons des flots ne parvenaient pas à les calmer; un rossignol chanta sur la rive, son chant m'accabla comme un poison délicieux.

Des larmes gonflaient mes paupières, et ce n'é-
taient pas les larmes des vagues ivresses sans
cause. Ce que je ressentais, ce n'était pas cette
sensation confuse, éprouvée naguère, des aspirations infinies, quand l'âme s'élargit et vibre,
quand il lui semble qu'elle va tout comprendre
et tout aimer... Non! une soif de bonheur me
brûlait; je n'osais pas encore l'appeler par son
nom, mais le bonheur, le bonheur jusqu'à
l'anéantissement, voilà ce que je voulais, voilà
ce qui m'angoissait... La barque flottait toujours,
le vieux passeur s'était assis et dormait, penché
sur ses rames.

III

Ah! les belles années qui suivirent 1860!
L'émancipation des serfs, le rêve de Tourguénelf,
était devenue un fait accompli : et ce n'était que
l'aurore des grandes réformes. De partout le
jour nouveau pénétrait à torrents dans la sombre
machine vermoulue; partout le bruit des ressorts neufs qui la remettaient en mouvement, un
éveil joyeux de forces et d'espérances longtemps

contenues. Ces années si décisives dans l'histoire
du pays ne l'étaient pas moins dans l'histoire
intime d'Ivan Serguiévitch ; il venait de donner
sa vie, comme ses vierges donnent la leur, sans
réserves et jusqu'à la mort. Déraciné de sa patrie par une amitié toute-puissante, il quittait la
Russie, où il ne devait plus revenir qu'à de rares
intervalles, pour s'établir d'abord à Bade, puis
à Paris, au milieu de nous. La destinée avait
comblé tous les vœux de l'homme, de l'écrivain,
du patriote ; il assistait à la renaissance de son
pays ; sa gloire le suivait en Occident, avec ses
ouvrages traduits dans toutes les langues. On
pouvait croire que s'il reprenait la parole, après
ces années de silence et de repos, ce serait pour
redire le cantique de Siméon. C'eût été bien mal
connaître notre pauvre nature humaine, et en
particulier cette âme de poète à jamais inassou-
vie. Ce qui fait la joie de notre cœur, c'est de
bercer un rêve tout le long de la jeunesse et non
de le voir réalisé par les vieux ans. Qu'avons-
nous à faire de la réalité décolorée ?

Tourguéneff rentra en scène avec *Fumée,* en
1868. C'était toujours le même talent, encore
plus mûr et savoureux ; ce n'était plus tout à fait
l'âme candide et croyante d'autrefois. Dès les
premières pages du livre, le désenchantement

fait explosion; s'il s'agissait d'un autre homme, nous dirions que la poche de fiel a crevé; en parlant de Tourguéneff, le mot serait exagéré; il n'entrait pas de fiel dans son tempérament; ses saillies douloureuses sont d'un idéaliste déçu, étonné de voir que ses chères idées, appliquées aux hommes, ne les ont pas rendus parfaits. Le ressentiment de cette déception va quelquefois jusqu'à l'injustice; ce crayon chagrin nous montrera désormais certaines figures poussées au noir, partant moins vraies que celles des œuvres anciennes. Le monde décrit dans *Fumée,* c'est ce monde russe qui vit à l'étranger et qui n'y porte pas toujours les meilleures qualités du sol natal : grands seigneurs et femmes équivoques, étudiants et conspirateurs. La scène se passe à Bade, où l'auteur avait pu l'étudier à loisir. Dans cette galerie comique de « généraux de Kursaal », de princesses en pique-nique, de slavophiles vantards, de commis voyageurs en révolutions, il y a bien des traits pris sur le vif, mais la physionomie d'ensemble est *chargée;* le défaut de mesure est d'autant plus sensible que, dans la pensée de l'auteur, ces personnages ne sont pas des types d'exception, mais bien la représentation fidèle de la haute et basse société russe.

En outre, le procédé de l'artiste est modifié.
Jadis, en nous montrant les batailles d'idées, il
nous laissait juges du camp : maintenant, il se
substitue à nous et insinue son opinion. Il y a,
pour le romancier et le dramaturge, deux manières d'exposer les thèses morales : avec ou
sans intervention personnelle. Prenons des
exemples familiers à tout le monde. Voici, dans
les *Misérables,* deux conceptions antagonistes du
devoir et de la vertu, personnifiées par Jean
Valjean et Javert ; nous pourrions hésiter sur
leur valeur réciproque ; mais l'auteur jette d'un
seul côté tout le poids de son éloquence, il
divinise l'une de ces conceptions et rabaisse
l'autre, il force notre verdict. Voilà, au contraire,
dans le *Gendre de M. Poirier,* deux façons de
comprendre l'honneur, deux mondes d'idées
dissemblables, le marquis de Presle et son beau-
père ; l'auteur s'efface, il éclaire également ses
deux personnages, leurs mérites et leurs ridicules, le fort et le faible de leurs thèses : jusqu'au
bout, nous balançons à nous prononcer entre
eux, l'intérêt du drame naît de ce conflit d'idées.
Je préfère cette seconde manière, qui me paraît
exiger plus d'art, qui est plus proche de la vie
réelle, où la vérité n'est jamais claire, où le bien
et le mal sont étroitement mêlés dans tous les

camps. Tourguéneff s'est tenu à cette méthode
équitable dans ses premières études sociales ;
dans les dernières, *Fumée* et *Terres vierges,* il
intervient visiblement. Un personnage de second plan, une sorte d'Olivier de Jalin, comme
le Potouguine de *Fumée,* a mission de nous
révéler la pensée de l'écrivain et de clore les
débats.

Ces réserves faites, je reconnais que les sorties
de Potouguine sont le plus souvent ruisselantes
de verve et de bon sens. L' « Occidental » daube
sur ses bêtes noires, les slavophiles ; il ridiculise
les travers nationaux, et surtout cette manie
d'affirmer que les choses les plus communes
prennent une vertu mystique en touchant le sol
russe. Il trouve des traits bien spirituels pour
caractériser cette infatuation ; par exemple,
quand il parle de « la littérature en cuir de
Russie », quand il dit : « Chez nous, deux et
deux font quatre, mais avec plus de hardiesse
qu'ailleurs. » Après avoir vidé son carquois, le
romancier noue une intrigue d'amour ; il s'y
montre, comme toujours, maître des secrets du
cœur humain. Mais, ici encore, notre auteur a
changé de manière. Jadis, il ne se plaisait qu'aux
émotions virginales, la femme ne l'intéressait
que jeune fille, il peignait l'amour loyal, mar-

chant le front haut, même alors qu'il brave le monde. Pour la première fois, dans *Pères et Fils,* il avait donné un rôle de grande coquette à une jeune veuve, et avec quelles précautions ! Maintenant, dans *Fumée* et les *Eaux printanières,* il nous montre les passions cruelles, leurs tortures, leurs mensonges, leurs abîmes sans issue. La jeune fille est toujours là, tenue en réserve pour sauver au dénoûment le pécheur repentant ; mais ce n'est qu'une pâle figure, reculée sur les plans lointains. D'aucuns préféreront peut-être ce bruit de tempêtes aux harmonies délicieuses des premiers romans ; c'est affaire de goût, et je ne veux pas diminuer le mérite de *Fumée,* qui reste un chef-d'œuvre d'un autre genre ; je constate seulement qu'à l'approche du soir, l'âme limpide du poète a reflété de lourds nuages et des cieux troublés. A la fin des *Eaux printanières,* après cette merveilleuse scène de la séduction, vraie comme la vie, comme la faiblesse de l'homme et le pouvoir diabolique de la femme, il y a des pages pleines d'une telle rancœur, qu'on se sent pris de pitié pour l'écrivain qui a pu les trouver.

En 1877, Tourguéneff publia dans le *Messager d'Europe* son dernier roman de longue haleine, *Terres vierges.* Si mes souvenirs sont exacts, la traduction française parut d'abord dans le journal *le Temps*, comme pour tâter le terrain ; puis l'original se risqua en Russie et y circula sans obstacles. Rien ne fait mieux mesurer le chemin parcouru depuis le jour où la censure s'émouvait si fort de la lettre sur Gogol. Avec l'œuvre nouvelle, le romancier se hasardait dans les cendres brûlantes, sur une route qui conduisait autrefois jusqu'en Sibérie. L'ambition lui était venue de décrire le monde souterrain qui commençait dès lors à inquiéter l'Empire ; après avoir signalé le premier et exploré depuis vingt-cinq ans tous les courants d'idées jaillis du sol russe, l'observateur se devait de parfaire sa tâche en nous montrant l'aboutissement logique de ces courants ; puisqu'ils disparaissaient sous terre, il fallait les suivre et tenter bravement la descente aux enfers.

La tentative ne fut pas pleinement heureuse ; elle était prématurée. A l'époque où Tourguéneff écrivait, il y a dix ans, ce monde était encore trop dérobé, trop inaccessible, ses tendances étaient trop confuses pour qu'on pût lui donner des formes sensibles ; l'image se perdait dans la chambre obscure et refusait de venir à la lumière du plein jour. Aujourd'hui même, je ne crois pas que ce tragique sujet soit mûr pour un écri-

vain soucieux de la vérité et de l'équité ; il appar-
tient encore aux dramaturges de boulevard ;
libre à ceux-ci d'y chercher des fictions palpi-
tantes, on n'est pas sévère pour cet art inférieur,
on le tient quitte de l'exactitude, s'il nous amuse
un instant ; mais pour le romancier psychologue
de l'école de Tourguéneff, pour celui qui étudie
les problèmes moraux, qui remonte jusqu'aux
impulsions premières des âmes, il n'y a qu'à
faire aveu d'impuissance devant ces invisibles,
comme faisait naguère la police secrète de l'Empire ; là où l'étude d'après nature est rarement
possible, où il faut procéder par induction, on
est mal venu de chercher des représentations
plastiques.

Voilà pourquoi *Terres vierges*, au moins
dans la première partie, a quelque chose de gris
et d'effacé qui contraste avec les reliefs puis-
samment modelés des œuvres antérieures. L'auteur nous introduit dans le cercle des conspirateurs à Pétersbourg. Un de ces jeunes gens
s'engage en qualité de précepteur chez un riche
fonctionnaire qui l'emmène en province. Niéjdanof rencontre là une jeune fille noble, traitée par
les maîtres de la maison en parente pauvre,
aigrie par de longues humiliations ; elle prend
feu pour les idées encore plus que pour la per-

sonne de l'apôtre; tous deux s'enfuient un beau
matin et forment une de ces unions libres où
l'on vit comme frère et sœur en travaillant au
grand œuvre social. Ils « vont dans le peuple »,
avec leurs affiliés de province. Mais Niéjdanof
n'est pas armé pour la terrible lutte, c'est un
faible, un rêveur, un poète qui passe en secret
les nuits sur son cahier de vers. Déchiré de
doutes et de découragements, il s'aperçoit bientôt que tout est malentendu dans son âme; il
n'aime pas la cause à laquelle il se sacrifie, il ne
sait pas la servir; il aime mal la femme qui s'est
sacrifiée pour lui, il se sent décroître dans l'estime de cette dévouée; las de la vie, trop fier
pour reculer, assez généreux pour vouloir libérer
à tout prix sa compagne avant qu'un instant
d'oubli ait fait d'elle sa maîtresse, Niéjdanof se
tue; il a deviné qu'un de ses amis, mieux équi-
libré que lui, aime secrètement Marianne et va
être aimé d'elle; il unit en mourant les mains de
ces deux êtres, animés du même courage. Le
roman finit par le récit d'une échauffourée avor-
tée, qui montre l'inanité et l'enfantillage de la
propagande révolutionnaire dans le peuple. Ce
Niéjdanof, si invraisemblable qu'il puisse nous
paraître, est le caractère le plus vivant et le plus
vrai du livre; celui-là a été pris sur nature, dans

le fin fond des misères morales de la jeunesse russe.

D'autres figures de révolutionnaires flottent dans la pénombre, elles passent en chuchotant des choses inintelligibles. Les représentants des hautes classes, du monde officiel, sont traités plus durement encore que dans *Fumée :* ils ont toutes les suffisances, tous les ridicules et pas un mérite ; de ce parti-pris résultent des caricatures, un manque d'équilibre et un faux jour dans l'ensemble de l'œuvre. En revanche, les apôtres de la foi nouvelle ont une auréole de générosité et de dévouement. Entre l'égoïsme de la vie courante d'une part, la foi vive et l'abnégation farouche d'autre part, le choix de l'écrivain idéaliste était forcé ; la chaleur de son cœur le précipite sans précautions du côté où le désintéressement est plus visible. Il prête à ces rudes natures, toutes d'une pièce, une délicatesse de sentiments qui les poétise ; il nous cache et se cache à lui-même les contrastes révoltants, les instincts brutaux.

Il avait eu une vision plus réelle, le jour où il avait aperçu l'énergique Bazarof, avec son profil de loup fuyant dans les bois. Je crois que Tourguéneff a été égaré par sa sensibilité, en peignant les caractères des nihilistes ; il a été mieux servi par sa raison en faisant justice de leurs idées, de leurs déclamations puériles, de leurs espérances aveugles. Les meilleures pages du livre sont celles où l'auteur nous démontre par les faits l'impossibilité d'un contact entre les propagandistes et le peuple; les raisonnements abstraits se brisent sur la dure cervelle du moujik; Niéjdanof veut prêcher dans un cabaret, les paysans le forcent à boire, il tombe ivre-mort au second verre de *vodka* et s'éloigne au milieu des huées; un autre, qui tente de soulever son village, est livré les mains liées à la justice par les villageois. Par moments, Tourguéneff met le doigt sur le principe même de l'erreur révolutionnaire; ses nihilistes, dans un élan irréfléchi de solidarité, veulent soulever instantanément une populace ignorante jusqu'à l'échelon intellectuel où ils sont eux-mêmes parvenus; ils oublient que le temps a seul pouvoir d'opérer ce miracle, ils se flattent de remplacer son action par des formules cabalistiques; ils se brisent les poings à cet effort impossible. Le poète voit tout cela et nous le fait très bien comprendre; mais comme il est poète, il se laisse séduire par la beauté morale du sacrifice indépendamment de l'objet, et son indulgence redouble en raison même de la vanité prouvée du sacrifice.

C'est peut-être le lieu de toucher un point délicat que je ne veux pas éviter. Certaines revendications politiques, élevées sur la tombe de l'écrivain, ont causé un gros émoi en Russie, et le deuil national a été troublé par d'amers ressentiments.

Déjà, il y a quatre ans, les feuilles conservatrices de Moscou avaient mené contre Tourguéneff une violente campagne, à la suite de la publication, dans le journal *le Temps*, des *Mémoires d'un Nihiliste*. Ce fragment autobiographique, qu'on trouvera reproduit dans la présente édition, n'est pas une œuvre d'imagination; notre romancier le tenait d'un de ses compatriotes, échappé des prisons russes; il y fit peut-être quelques retouches, il y joignit une lettre d'introduction pour le journal français. Comme il le dit dans sa lettre, ce curieux opuscule se recommande par l'accent de vérité qui y règne, par l'absence de récrimination. On retrouvera dans les *Mémoires d'un Nihiliste* cette plainte voilée et passive, dont je parlais plus haut, cette curiosité psychologique du Russe, qui étudie avec tant d'application les effets de la souffrance sur son âme qu'il oublie d'incriminer les auteurs de cette souffrance. Il y a dans ce morceau un réalisme minutieux, une claire vue de soi-même dans la gradation du désespoir, qui rappellent certaines pages de Dostoïevski. Mais la littérature du proscrit ne trouva pas grâce en Russie; on en voulut à Tourguéneff de sa lettre indulgente, on l'accusa de complicité avec les ennemis de l'État.

D'autre part, le parti extrême a essayé de tirer à lui cette grande ombre; on a parlé de subventions accordées par Tourguéneff à une feuille malfaisante. C'est parfaitement invraisemblable. Ivan Serguiévitch avait la main facile comme le cœur et donnait indistinctement à toutes les misères; il suffisait d'être Russe pour trouver sa porte ouverte, sa bourse prête, et de bonnes paroles sur ses lèvres; mais s'il a secouru les hommes, il n'a certainement pas coopéré à leur politique. Comment aurait-il trempé dans des complots sauvages et stériles, lui, l'Occidental, l'homme de la civilisation raffinée et des élégances de pensée? Ses opinions flottèrent toujours dans un libéralisme vaporeux, rapporté à vingt ans des Universités d'Allemagne, plus enclin à se bercer de rêves qu'à s'employer dans la pratique. Au surplus, il suffit de lire attentivement *Terres vierges* pour marquer le degré de latitude où Tourguéneff entendait se maintenir.

Il y a là un certain Solomine, un jeune direc-

teur de fabrique, qui représente les idées
moyennes et parle évidemment pour l'auteur.
Solomine a été entraîné par les propagandistes,
mais son bon sens lui fait voir le néant de leurs
efforts ; s'il n'a aucun goût pour les tchinovniks
qui administrent la terre russe, il n'a aucune
confiance dans les enfants qui la minent sourdement ; il se sépare peu à peu de ces derniers, il se
tire les grègues sauves de l'échauffourée finale, et
va fonder dans l'Oural une usine prospère « sur
certaines bases coopératives ». Ne soyons pas
indiscret, ne demandons pas au bon Ivan Serguiévitch quelles sont ces bases; le romancier
voulait que son socialiste fût conséquent et intéressant jusqu'au bout, il le lance dans la coo-
pération et le laisse s'y dépêtrer; les lecteurs
russes n'en demandent pas davantage, et tout le
monde est content.

Mais je parle bien au long, vraiment, de la
politique d'un poète. Cet homme, qui fut un
naïf, au plus noble sens du mot, pour tant de
choses inférieures, a bien pu l'être en politique.
Ceux qui disputeraient plus longtemps sur la
couleur de son drapeau risqueraient eux-mêmes
d'être taxés de naïveté. Il ne faut ni s'étonner ni
s'émouvoir parce que les lyres délicates sonnent
faux quand la politique égare ses grosses vilai-

nes mains sur leurs cordes; il n'y a qu'à ne pas
les écouter, à garder une juste mesure entre la
république de Platon qui bannissait les poètes
et celle de 1848 qui leur offrait des présidences.

Tourguéneff écrivit encore, vers cette même
époque, cinq à six nouvelles, dont une, *le Roi
Lear de la steppe,* rappelle les meilleures pages
des *Récits d'un chasseur,* par l'intensité de
l'émotion. Je ne puis m'attarder à chacun de ces
matériaux : il est temps de nous retourner pour
jeter un regard d'ensemble sur le monument. —
Ivan Serguiévitch y a logé la société russe; il a
résumé la conception qu'il s'en faisait dans
quelques types généraux, toujours en scène.
Considérons-les avec intérêt; toute la littérature
postérieure est revenue sur ces types, sans
presque les modifier; il faut croire qu'ils ren-
dent fidèlement la physionomie de cette société,
du moins telle qu'elle se voit elle-même.

C'est d'abord le paysan, doux, résigné, endormi, touchant dans ses souffrances comme
l'enfant qui ne sait pas pourquoi il souffre; ma-
lin et rusé d'ailleurs, quand il n'est pas abruti
par l'ivresse, soulevé de loin en loin par des fu-
reurs animales. Au-dessus, les classes intelli-
gentes et moyennes, les petits propriétaires
de campagne, et parmi eux les représentants

de deux générations : le vieux seigneur, bonhomme, ignorant, avec des traditions respecta-
bles et des vices grossiers, dur par longue habitude pour les serfs, servile lui-même, mais
excellent dans les autres relations de la vie. Tout
différent est le jeune homme de cette même
classe : quelquefois précipité dans le nihilisme
par le vertige d'une croissance intellectuelle trop
rapide ; le plus souvent instruit, mélancolique,
riche en idées et pauvre en actes, « se préparant
toujours à travailler », tourmenté par un idéal
de bien public vague et généreux ; c'est le type
de prédilection du roman russe. Le héros qu'ai-
ment les jeunes filles et que leur disputent les
femmes romanesques, ce n'est pas un brillant
officier, un artiste, un grand seigneur magnifique ; c'est presque toujours ce Hamlet bour-
geois, honnête, cultivé, d'intelligence tranquille
et de volonté faible, qui revient de l'étranger
avec des théories scientifiques sur l'amélioration
de la terre et du sort des paysans, qui brûle d'appliquer ces théories dans « son bien » ; cela, c'est
le grand point ; un personnage de roman qui
veut conquérir des sympathies doit revenir dans
« son bien », pour y améliorer la terre et le sort
des paysans. Le Russe devine que là, là seulement est l'avenir, le secret de force ; mais, de

son propre aveu, il ne sait comment s'y prendre.

Passons aux femmes de la même classe. Rien à dire des mères ; par un parti pris curieux, qui révèle quelque plaie ancienne du cœur, toutes les mères des romans de Tourguéneff, sans une exception, sont mauvaises ou grotesques. Il réserve les trésors de sa poésie aux jeunes filles. Pour lui, la pierre angulaire de la société est cette jeune fille de province, librement élevée dans un milieu modeste, foncièrement droite, aimante, point romanesque, moins intelligente que l'homme, plus décidée ; chaque roman met en jeu une volonté féminine, guidant les irrésolutions des hommes. — Tel est, à grands traits, le monde dépeint par l'écrivain. Chaque fois qu'il s'y renferme, l'accent de vérité est si frappant que le lecteur s'écrie en fermant le livre : « Si ces gens-là ont vécu, ils n'ont pas pu vivre autrement ! » Ce cri sera toujours la meilleure sanction des œuvres d'imagination.

Il nous manque les hautes classes pour compléter le tableau. Tourguéneff n'y a touché qu'incidemment, dans ses dernières œuvres, par des esquisses sommaires, toutes dans la manière noire. Son regard n'était pas tendu de ce côté et son esprit était prévenu. La jeune fille si parfaite de tout à l'heure, dès que la fortune la porte sur les sommets sociaux, devient une femme frivole, pervertie, avec toutes les bizarreries de l'esprit et du tempérament ; l'homme qui s'élève aux dignités et touche aux affaires publiques va joindre à son irrésolution native la hâblerie et la sottise. Il y a lieu d'en appeler de ces jugements rapides et exclusifs. Pour nous faire une opinion, il faudra attendre Léon Tolstoï : celui-ci ne changera guère les types fixés par son devancier pour les basses et moyennes classes, mais il creusera dans les plus intimes replis l'âme complexe de l'homme d'État, du courtisan, de la grande dame ; il achèvera l'édifice dont Tourguéneff a posé les assises et négligé le faîte.

Il ne faut pas demander à notre romancier les intrigues compliquées, les aventures extraordinaires dont l'ancien roman français était si friand. Il ne montre pas la lanterne magique, il montre la vie ; les faits en eux-mêmes l'intéressent peu ; il ne les voit qu'à travers l'âme humaine et dans leur contre-coup sur l'individu moral. Son plaisir est d'étudier des caractères et des sentiments, aussi simples que possible, pris dans la réalité quotidienne ; mais, et c'est là son secret, il voit cette réalité avec une telle émotion personnelle que ses portraits ne sont jamais prosaïques, tout en restant absolument vrais. Il disait de Niéjdanof, dans *Terres vierges :* « C'est un romantique du réalisme. » On peut lui retourner le mot. Telle fut chez nous la disposition d'esprit de Flaubert, que Tourguéneff aimait tant ; mais le Russe avait de plus que son ami la sûreté du goût, la tendresse, je ne sais quelle grâce tremblante également répandue sur chaque page, qui fait penser à la rosée du matin. Nul n'eut plus de sentiment et plus d'horreur du sentimentalisme : nul ne sut mieux indiquer d'un seul mot toute une situation, toute une crise du cœur.

Cette retenue fait de lui un phénomène unique dans la littérature russe, toujours noyée ; il avait le droit de railler les écrivains de son pays, qui « ayant à dire que le propre de la poule est de pondre des œufs, ont besoin de vingt pages pour développer cette grande vérité et ne parviennent pas à s'en tirer ». On devine dans la moindre production d'Ivan Serguiévitch un travail de réduction acharné, le souci de l'art tel que l'entendaient les classiques. De pareilles qualités, rehaussées par la magie du style, par une langue toujours exacte et parfois magnifique, assurent à Tourguéneff une place éminente dans la littérature contemporaine. La critique anglaise, qui regarde froidement et n'est pas suspecte d'exagération, lui accorde le premier rang[1] : je voudrais souscrire à cet arrêt, quand je relis l'enchanteur; mais je me reprends et j'hésite en pensant à ce prodigieux Tolstoï, qui terrasse mon admiration et enchaîne mon jugement. Aussi bien, il faut laisser le dernier mot à l'avenir dans ces questions de préséances.

Après *Terres vierges,* le repos du déclin commença. Le talent restait entier, l'intelligence vigoureuse et curieuse; mais cette intelligence flottait en quelque sorte, elle semblait chercher une voie perdue, comme il arrive pour d'autres au début de la vie. Il y avait bien des causes à ce découragement. L'écrivain russe a retiré de son long séjour parmi nous de grands avantages et quelques inconvénients. A l'origine, l'étude de nos maîtres, l'amitié et les conseils de Mérimée lui furent d'un précieux secours; il dut peut-être à ces fréquentations littéraires la discipline intellectuelle, la clarté, la précision, mérites si rares chez les prosateurs de son pays. Plus tard, il s'éprit d'enthousiasme pour Flaubert; je rencontre dans les Œuvres complètes d'excellentes

---

1. *Europe has been unanimous in according to Tourguénieff the first rank in contemporary literature. (The Athenæum, 8 sept. 1883.)*

traductions d'*Hérodiade* et de la *Légende de saint Julien l'Hospitalier*. Enfin, après les pères du naturalisme, ses amitiés le rattachèrent aux successeurs du second degré ; il se figurait innocemment qu'il appartenait à leur école, il écoutait leurs doctrines, et faisait des efforts inquiets pour concilier ces doctrines avec son ancien idéal. D'autre part, il se sentait de plus en plus séparé de son pays natal, de son vrai fonds d'idées. On le lui reprochait parfois en Russie, on le traitait de déserteur, de distancé. Les tendances de ses derniers romans avaient soulevé des récriminations sincères et des calomnies intéressées. Quand il revenait à Pétersbourg ou à Moscou, de loin en loin, les ovations de la jeunesse l'accueillaient ; mais d'autres cercles lui témoignaient de la froideur ; il voyait une partie de son public lui échapper, courir aux idoles nouvelles, à l'âpre réalisme qui triomphe dans les lettres russes. Alors même qu'on le saluait respectueusement comme un ancêtre, ce Parisien d'esprit et de langue dut se dire plus d'une fois tout bas : On me traite en vieux bonze. — Ah ! comme on passe vite vieux bonze en littérature ! Lors de sa dernière apparition en Russie, pour les fêtes de Pouchkine, les étudiants de Moscou dételèrent sa voiture ; mais je me souviens qu'un

jour, à Pétersbourg, en revenant de chez un
haut personnage, Ivan Serguiévitch nous dit sur
un ton de plaisanterie non exempt d'amertume :
« Il m'a appelé Ivan Nikolaiévitch. » Cette inad-
vertance paraîtrait bien vénielle chez nous, où
l'on n'est heureusement pas obligé de savoir le
nom du père de chacun : dans les habitudes
russes et vis-à-vis d'une célébrité nationale,
l'erreur était blessante ; elle faisait mesurer la
crue de l'oubli.

A cette même époque, j'eus la bonne fortune
de passer une soirée entre Tourguéneff et Skobé-
leff. Le jeune général parlait avec sa chaleur et
son éloquence habituelles, il racontait ses longs
espoirs et ses vastes pensées ; le vieil écrivain
l'écoutait en silence, l'enveloppant de ce regard
doux et voilé qui semblait attirer à soi les formes,
les couleurs ; il était facile de voir que le modèle
posait pour le peintre, et que celui-ci étudiait
cette physionomie étrange pour la graver dans
quelque livre ; la mort guettait à la porte, elle n'a
pas permis au héros de vivre son roman, ni au
poète de l'écrire.

Nous reparlions de ces souvenirs, un jour de
ce printemps, la dernière fois que j'eus l'honneur
de voir Ivan Serguiévitch ; il me disait : « Je
vais le rejoindre, » et l'on sentait trop qu'il di-

sait vrai, en regardant ce corps miné par de cruelles souffrances, alangui sur le lit de repos. Toute la vie avait reflué dans la tête, superbe sous son désordre de cheveux blancs, secouée avec des fiertés de lion blessé. Ses yeux s'arrêtaient sur le tableau de Rousseau, qu'il aimait entre tous, parce que Rousseau avait compris comme lui l'âme et la force de la terre : un chêne écimé, usé par les hivers, jetant au vent de décembre ses dernières feuilles rousses. Entre cette peinture et le noble vieillard qu'elle consolait, il y avait comme un lien fraternel, un entretien résigné sur les arrêts communs de la nature.

Déjà atteint par son mal rare et terrible, un cancer de la moelle épinière, Tourguéneff publia encore trois nouvelles : *le Chant de l'amour triomphant,* brillante fantaisie dans le goût de Boccace, ciselée avec un art minutieux, comme un bijou florentin ; *Clara Militch,* une histoire inspirée sans doute par un drame récent qui venait d'occuper Paris ; l'auteur y raconte la mort volontaire d'une jeune actrice et essaie de nous faire comprendre pourquoi l'épidémie de suicide sévit sur la jeunesse russe dans d'effrayantes proportions. Dans une autre nouvelle intitulée *Désespéré,* l'écrivain s'efforçait de concentrer en quelques pages cette tristesse nationale qu'il avait étudiée et reproduite dans toute son œuvre ; il mettait à nu le fatalisme inconscient qui gouverne certaines volontés slaves et donne à ces vagabonds moraux un air de famille avec les victimes du *fatum* dans Eschyle et dans Sophocle. Ce fut une lugubre ironie du sort que la suprême production du romancier portât ce titre : *Désespéré.*

Il avait dit son dernier mot sur cette âme russe qu'il fouillait depuis quarante ans : il se tut. Pourtant l'artiste survivait à l'homme ; durant les crises finales, saturé d'opium et de morphine, il narrait à ses amis les rêves étranges qui le hantaient et regrettait de ne pas pouvoir les écrire. « Ce serait un curieux livre », disait-il. Il en avait écrit quelques-uns dans une de ses dernières œuvres, les *Poèmes en prose ;* courtes symphonies de paroles, rattachées tantôt à une idée, à un nom flottant dans la mémoire du vieillard, tantôt à des visions douloureuses ou fantastiques, de celles qui assiègent l'âme quand elle se débat pour fuir.

Un jour, il dicta en français à la personne qui le veillait un souvenir de sa jeunesse, le récit d'un Incendie en Mer[1] où il avait failli périr, à

1. *Un incendie en mer.* Ce fragment a été recueilli dans la présente édition.

l'âge de 18 ans. Ses amis de Russie l'avaient maintes fois pressé d'écrire cette épisode, qu'il leur racontait volontiers; il s'y était toujours refusé. Je ne sais quelle idée superstitieuse l'empêchait de célébrer ce premier triomphe sur la mort; quand il la vit bien résolue à réclamer sa revanche, il se décida à lui jeter cet ancien défi.

Peu de jours avant de fermer les yeux, il prit encore la plume et rédigea un testament touchant, une lettre adressée à son ami Léon Tolstoï; avec cet adieu, Tourguéneff expirant léguait à son rival, à son héritier, le souci et l'honneur des lettres russes.

Voici les dernières lignes de cette lettre:

« Très cher Léon Nikolaïevitch, je ne vous ai pas écrit depuis longtemps; j'étais et je suis sur mon lit de mort. Je ne puis guérir, il n'y a plus à y penser. Je vous écris expressément pour vous dire combien j'ai été heureux d'être votre contemporain, et pour vous exprimer ma dernière, instante prière. Mon ami, revenez aux travaux littéraires! Ce don vous est venu de là d'où tout nous vient. Ah! combien je serais heureux si je pouvais penser que vous écouterez ma prière!... Mon ami, grand écrivain de notre terre russe, exaucez cette prière ! Répondez-moi si ce papier vous est parvenu ; je vous serre une dernière fois sur mon cœur, vous et tous les vôtres... Je ne puis pas davantage... Je suis las ! »

Espérons que ce vœu sera entendu par le seul écrivain digne de ramasser la plume tombée de ces vaillantes mains. Comme un soldat frappé, Ivan Serguiévitch avait remis ses pouvoirs sur les âmes à un autre capitaine ; rien ne le retenait plus, il partit pour faire ailleurs d'autres songes, plus tranquilles, plus beaux.

Ceux qu'il fit ici-bas sont laborieux et tristes. Les voilà tous, ramassés dans quelques volumes, raccourci d'une longue, d'une puissante vie humaine. Une œuvre littéraire c'est une vie ; et de même qu'il y a dans chaque existence des jours qu'on voudrait effacer, il reste dans toute œuvre des pages qu'il eût fallu détruire. Tourguéneff en a laissé échapper quelques-unes ; mais l'ensemble de son legs est bon, est sain. Disons-le bien en terminant, — parce que, en dépit des doctrines contraires, cela seul importe, cela seul est l'honneur de quiconque tient une plume, — dans presque tous les livres du mort, un noble souffle passe, élève et réchauffe le cœur.

C'est peu de chose et c'est beaucoup, ce

souffle léger resté d'une ombre, qui nourrira à jamais des milliers d'âmes. En voyant disparaître Ivan Serguiévitch, je pense à ces paysans d'Orel qui vont semant le grain dans les labours d'automne ; la plaine de blé est immense, le sillon noir fuit à l'infini ; l'homme le remonte, décroît, s'évanouit dans la brume et va s'asseoir, là-bas, derrière les versants ; s'il est trop vieux, si quelque mal le prend cet hiver, on le couchera sous son labour, on l'oubliera. Qu'importe ? Disparais, pauvre homme de peine qui agitais tes bras dans le vide, sur la terre nue. La semence demeure et vit ; aux soleils de l'été prochain, le blé va sortir, mûrir, rouler sur la steppe des vagues d'or, dispenser aux multitudes le bon pain, le pain de force et de courage.

EUGÈNE-MELCHIOR DE VOGÜÉ.

Octobre 1883.

MONSIEUR FRANÇOIS [1]

(SOUVENIR DE 1848)

J'ai passé à Paris tout l'hiver de 1847 à 1848.
Mon appartement était situé non loin du Palais-
Royal, et j'y allais presque chaque matin pour
prendre du café et lire les journaux. A cette
époque, le Palais-Royal n'était pas encore l'endroit presque abandonné qu'il est devenu, bien
que les jours de sa gloire fussent depuis longtemps passés, cette gloire toute spéciale qui
faisait dire à nos vétérans russes de 1814 et 1815,
chaque fois qu'ils rencontraient un voyageur

---

1. On croira trouver dans ce petit récit des prédictions
faites après coup. C'est un défaut que je ne puis corriger;
mais j'affirme que le personnage dont je parle a réellement
existé et qu'il m'a dit les paroles que je rapporte.

I. T.

venu de Paris : « Et que fait notre bon cher Palais-Royal ? »

Un jour, — c'était au commencement de anvier 1848, — j'étais assis à l'une des petites tables disposées autour du café de la Rotonde. Un homme de haute taille, sec et maigre, aux cheveux noirs et grisonnants, portant sur son nez aquilin des lunettes en fer rouillé et à verres de fumée, sortit du café, jeta un regard autour de lui, et, s'étant assuré que toutes les tables étaient occupées, me demanda la permission de s'asseoir à la mienne. J'y consentis. L'homme aux lunettes se laissa tomber sur un siège, repoussa vers la nuque son vieux chapeau à haute forme, et croisant ses deux mains osseuses sur un gros bâton noueux, demanda une tasse de café. Quant au journal que lui offrait en même temps le garçon, il le refusa avec un haussement d'épaules. Nous échangeâmes quelques paroles insignifiantes. Je me rappelle qu'il grommelait entre ses dents : « Temps maudit ! chien de temps ! » ; puis il avala brusquement sa tasse et partit.

L'impression qu'il m'avait laissée ne disparut pas aussi vite. C'était évidemment un Français du Midi, Gascon ou Provençal. Sa figure hâlée, labourée de rides, ses joues creuses, sa bouche

édentée, sa voix sourde et croassante, tout, jusqu'à son habit sali, fripé, et qui ne semblait
pas fait pour lui, annonçait une vie inquiète,
errante et besogneuse. Un homme cassé, battu,
roulé par l'orage, pensai-je, et ce n'est pas seulement d'aujourd'hui qu'il est dans la gêne; il a
dû passer toute sa vie par l'étroitesse et la misère. D'où lui vient cette expression, moitié
consciente, moitié involontaire, de supériorité
qui se lit sur son visage, dans chacun de ses
gestes et jusque dans sa démarche affaissée et
traînante? Les pauvres, les humbles ne marchent
pas ainsi. Ses yeux surtout m'avaient frappé,
avec leurs pupilles d'un brun sombre entourées
d'un blanc jaunâtre. Tantôt il les tenait tout
grands ouverts, en fixant devant lui un regard
immobile et morne; tantôt il les plissait d'une
étrange façon, en soulevant ses sourcils ébouriffés et en jetant des regards obliques par-dessus les bords de ses lunettes. Alors une moquerie
amère et méchante se propageait sur tous ses
traits. Du reste, je n'eus pas à m'occuper beaucoup de lui ce jour-là; l'attente des banquets
réformistes agitait tout Paris. Je me mis à lire
les journaux.

Le lendemain, je retournai au Palais-Royal,
et de nouveau je rencontrai le monsieur de la

veille. Il me salua le premier, comme une personne de connaissance, avec un léger sourire; et, sans me demander permission, s'assit près de moi, comme si sa rencontre ne pouvait me causer aucun désagrément, et bien que les autres tables fussent libres. Tout de suite, la conversation s'engagea :

« Vous êtes étranger; Russe, me dit-il brusquement, tout en remuant avec lenteur la cuillère dans sa tasse.

— Que je sois étranger, lui dis-je, vous avez pu le reconnaître à ma prononciation. Mais à quoi avez-vous deviné que je suis Russe?

— A quoi? Vous venez de dire « pardon » d'une voix traînante; il n'y a que les Russes qui chantent comme cela. Du reste, je savais que vous êtes Russe. »

J'allais lui demander de s'expliquer mieux; mais il avait repris la parole :

« Vous avez bien fait de venir ici précisément à cette époque. C'est un temps intéressant pour les touristes. Vous allez voir de grandes choses.

— Quoi donc?

— Voici : nous sommes au commencement de février; avant qu'il se passe un mois, la France sera en République.

— En République!

— Oui, en République. Mais attendez pour vous réjouir, si toutefois la nouvelle vous réjouit. Avant la fin de l'année, les Bonaparte posséderont (il se servit d'un mot cynique) cette même France. »

Tant qu'il ne fit que nommer la République, je n'en crus rien et me contentai de dire, à part moi : En voilà un qui veut me faire poser et qui me prend pour un Scythe ignorant. Mais les Bonaparte ? Où diable prenait-il les Bonaparte ? A ce moment du règne de Louis-Philippe, qui pensait aux Bonaparte ? ou du moins qui en parlait ? Ne serais-je pas tombé sur un mystificateur ou sur un des chevaliers d'industrie qui hantent les cafés et les hôtels, à l'affût des étrangers, à qui finalement ils demandent à emprunter de l'argent ? Et pourtant ses manières dégagées, le ton d'insouciance avec lequel il débitait ses paradoxes... Non, ce n'était pas un emprunteur d'argent.

« Vous supposez donc que le Roi ne consentira à aucune réforme ? demandai-je, après un court silence. Cependant, les exigences de l'opposition ne semblent pas exagérées.

— Connu, connu, dit-il avec négligence. L'extension du droit électoral, l'adjonction des capacités, des mots, des mots ! Il n'y aura pas

de banquets, le Roi ne cédera pas, Guizot ne
voudra pas. Du reste, ajouta-t-il, en remarquant
sans doute l'impression peu favorable qu'il
produisait sur moi, au diable la politique! La
faire, c'est amusant; mais regarder comment la
font les autres, c'est bête. Les petits chiens font
de même quand les grands... jouissent de la
vie; il ne reste aux petits chiens qu'à japper ou
à geindre. Parlons d'autre chose. »

Je ne me rappelle plus sur quoi s'était engagée la conversation...

« Vous allez sans doute au théâtre? me dit-il
avec une brusquerie que j'avais déjà remarquée,
et qui faisait supposer qu'il ne prêtait pas
grande attention à ce qu'on lui disait; car vous
tous, messieurs les Russes, vous en êtes grands
amateurs.

— Oui, j'y vais quelquefois.

— Et vous êtes enchanté de nos acteurs? je
suppose.

— De quelques-uns, surtout à la Comédie-
Française.

— Le bon goût, reprit-il d'une voix posée, le
bon goût, voilà ce qui perd nos acteurs. Ces traditions, ces Conservatoires, malheur! Ils sont tous
gelés et évidés comme ces poissons qu'on voit
chez vous, en hiver, sur les marchés. Aucun de

nos acteurs n'oserait dire : Je vous aime, sans écarter les jambes en compas, tout en tournant l'œil d'un air langoureux et béat. Et cela grâce au bon goût. On ne peut voir de vrais acteurs qu'en Italie. Lorsque j'habitais l'Italie... A propos, que dites-vous de cette Constitution que le roi Bomba vient d'octroyer à ses fidèles sujets? Il ne leur pardonnera pas de sitôt cette grâce; ah! mais non... Eh bien, quand j'étais à Naples, il y avait là, au Théâtre-Populaire, des gaillards... Ah! diable!... Mais tout Italien est acteur. Chez eux, c'est dans la nature, et nous, nous ne faisons que courir après le naturel. Nos meilleurs comiques du Palais-Royal ne sauraient se comparer au premier venu des prédicateurs de la rue. *Per le santissime anime del purgatorio,* fit-il tout à coup d'une voie nasillarde et chantonnante, et autant que je pouvais en juger, avec le plus pur accent napolitain. »

Je me mis à rire, et lui se mit à rire également sans bruit, en ouvrant largement la bouche et me regardant par-dessus ses lunettes.

« Pourtant Rachel... commençai-je.

— Rachel, oui, c'est une force; c'est la force et la fleur de cette juiverie qui s'est emparée déjà des poches du monde entier et qui s'emparera bientôt du reste; car qui a la poche a la

femme, et qui a la femme a l'homme. Oui,
Rachel, c'est comme Meyerbeer, qui nous ta-
quine et nous menace toujours avec son *Prophète* : « Je vais vous le donner ; non, je ne
vous le donnerai pas. » C'est un habile homme,
un Hébreu, un *maëstro*... pas dans le sens mu-
sical, par exemple ! Du reste, Rachel aussi s'est
gâtée dans ces derniers temps, et la faute en est
à vous, messieurs les étrangers. Il y a en Italie
une actrice nommée Ristori. On dit qu'elle vient
d'épouser un marquis quelconque et qu'elle
abandonne la scène. C'est dommage ; elle est
bonne, celle-là, bien qu'un peu grimacière.

— Est-ce que vous avez longtemps habité
l'Italie ? lui demandai-je.

— Oui, là aussi j'ai roulé ma bosse. Où n'ai-je
pas été ?

— En Russie même, à ce qu'il paraît ?

— Vous aimez aussi la musique ? demanda-
t-il sans répondre à ma question. Vous allez à
l'Opéra ?

— J'aime la musique.

— Ah ! vous l'aimez, c'était à prévoir. Vous êtes
Slave, et tous les Slaves sont mélomanes. Eh bien,
c'est le dernier des arts, mon bon Monsieur.
Quand la musique n'agit pas sur l'homme,
c'est ennuyeux, et quand elle agit, c'est nuisible.

— Pourquoi nuisible ?

— C'est nuisible, parce que c'est énervant, comme les bains trop chauds. Demandez plutôt aux docteurs.

— Et sur les autres arts, quelle est votre opinion ?

— Il n'y a qu'un seul art, Monsieur, la sculpture! Ça, c'est froid, impassible et grandiose; ça fait naître dans l'homme l'idée... ou l'illusion si vous voulez, de l'immortalité et de l'éternité.

— Et la peinture?

— La peinture! il y a là trop de sang, trop de chair, trop de couleur, trop de péché. On vous peint des femmes nues! Une statue ne l'est jamais. A quoi bon allumer le sang de l'homme? Il n'en est pas besoin. Tous les hommes sont coupables, criminels, pourris de péchés des pieds à la tête.

— Tous sans exception, et tous pourris?

— Tous, vous, moi, même ce vieux garçon à figure bonasse, qui achète une poupée pour en faire cadeau à quelque enfant d'autrui, ou peut-être au sien. Tous sont coupables! Il y a de la cour d'assises dans la vie de chacun, et nul n'a le droit de prétendre qu'il n'y a pas de place pour lui sur ce vilain petit banc des accusés.

— Vous devez le savoir mieux que personne, fis-je involontairement.

— Parfaitement, Monsieur, mieux que personne. *Experto credi* (au lieu de *crede*) *Roberto*.

— Et sur la littérature, quelle est votre opinion ? dis-je en continuant mon interrogatoire. Si tu veux me mystifier, pensai-je à part moi, pourquoi ne me serait-il pas permis de te mystifier à mon tour, toi qui fais des fautes dans une citation latine que personne ne demandait ? »

L'inconnu sourit froidement, comme s'il eût compris ma pensée.

« Oh ! la littérature n'est pas un art, dit-il avec insouciance. La littérature, avant tout, doit amuser, et il n'y a que la littérature biographique qui amuse.

— Vous êtes donc grand amateur de biographies ?

— Non, vous ne m'avez pas compris. Je veux dire ces ouvrages où l'auteur parle de lui-même, où il se livre au jugement du lecteur, c'est-à-dire à sa risée. C'est la seule chose que les écrivains peuvent savoir, et encore... Voilà pourquoi le plus grand écrivain est Montaigne. C'est le seul.

— Il passe pour un grand égoïste, hasardai-je.

— Oui, mais c'est là sa force. Il a eu seul assez de hardiesse pour se montrer égoïste, et un objet de risée jusqu'au bout. Voilà pourquoi il m'amuse. Je lis une page, j'en lis une autre, et je me moque de lui, et je me moque encore plus de moi-même. *E basta !*

— Et les poètes ?

— Oh ! les poètes s'occupent de musique, de la musique des paroles, et vous savez mon opinion sur la musique.

— Que faut-il donc lire ? et que doit lire le peuple ? ou bien supposez-vous que le peuple ne doit pas lire ? »

J'avais remarqué aux doigts de l'inconnu une bague armoriée, et, malgré son apparence misérable, il me semblait qu'il devait professer des opinions aristocratiques, et que peut-être il appartenait lui-même à l'aristocratie.

Il reprit :

« Le peuple doit lire. Mais, quoi qu'il lise, c'est absolument indifférent. On prétend que vos paysans russes lisent toujours un seul et même livre (c'est *Francile le Vénitien*[1], pen-

1. Récit populaire, dans le genre des *Quatre Fils Aymon*.

sai-je en moi-même). Après avoir usé un exemplaire jusqu'au papier, ils en achètent un autre. Et ils font très bien. Cela leur donne de l'importance à leurs yeux, et les empêche de réfléchir. Quant à celui qui va à l'église, il n'a pas besoin de lire, du tout.

— Est-ce que vous donnez une telle importance à la religion ? »

L'inconnu me jeta un regard par-dessus ses lunettes :

« Je ne crois guère en Dieu, mon bon Monsieur. Mais la religion est chose importante. Être son serviteur, être prêtre, c'est peut-être la meilleure vocation. Ce sont des gaillards, les prêtres ! Seuls, ils ont compris la vraie essence du pouvoir : ordonner avec humilité, obéir avec fierté, voilà tout le secret. Ah ! le pouvoir posséder le pouvoir, il n'y a pas d'autre bonheur sur la terre ! »

Je commençais à m'habituer aux bonds et aux sauts de notre conversation, et je m'efforçais seulement de marcher au pas de mon étrange interlocuteur, et de ne point rester en arrière. Quant à lui, il parlait d'un air tranquille, dégagé, comme si tous ces axiomes qu'il débitait avec tant d'assurance eussent découlé logiquement et naturellement l'un de l'autre ; et en même temps vous sentiez fort bien qu'il lui était parfaitement indifférent que vous fussiez ou non de son avis.

« Si vous aimez tant le pouvoir, repris-je, si vous tenez le clergé en si grande estime, pourquoi n'avez-vous pas pris cette voie, pourquoi n'êtes-vous pas devenu prêtre?

— Votre remarque est juste, mon cher Monsieur; mais j'avais des visées plus hautes, ayant moi-même l'intention de fonder une religion. J'ai même fait un essai, pendant mon séjour en Amérique. Du reste, je n'étais pas seul à avoir cette intention; là-bas, on s'occupe assez généralement de ces choses-là.

— Vous avez donc été aussi en Amérique?

— J'y ai passé deux ans. Vous avez pu remarquer que j'en ai rapporté la mauvaise habitude de mâcher du tabac. Je ne fume pas, je ne prise pas, je chique. Pardon! »

Et il se retourna pour cracher.

« Pour en revenir à notre affaire, j'avais donc le projet de fonder une religion. Et j'avais même trouvé une fort jolie petite légende. Pour qu'on l'acceptât, il fallait être martyr. A défaut de ce ciment-là, les fondations ne sont pas solides. Ce n'est pas comme à la guerre, où il est beaucoup plus utile de verser le sang d'autrui. Mais verser le sien propre, serviteur! Je lâchai l'affaire. »

Il se tut, un instant :

« Vous venez, reprit-il, de faire allusion à mon amour du pouvoir. Vous avez dit une vérité. Ainsi moi, je suis encore persuadé que je serai roi.

— Comment, roi?

— Oui, roi, oui, de quelque île inhabitée.

— Un roi sans sujets, alors ?

— Il s'en trouvera toujours, des sujets ! Vous avez en Russie un proverbe qui dit : « Pourvu qu'il y ait une auge, il y aura toujours des cochons. » C'est naturel aux hommes de se soumettre; au besoin, ils traverseront l'Océan pour arriver à mon île et y trouver un maître. C'est sûr, ce que je vous dis là. »

Mais c'est un fou, pensai-je en moi-même.

« N'est-ce point pour cette raison, dis-je à haute voix, que, selon vous, les Français se soumettront à un Bonaparte ?

— Précisément, par cette même raison, mon cher Monsieur.

— Pardon, pardon, m'écriai-je. Les Français ont déjà un roi, un maître. Ainsi donc, ce besoin d'être soumis est satisfait. »

Il hocha la tête.

« Voilà justement, reprit-il, où est le *hic.*

Notre roi actuel, Louis-Philippe, ne se sent pas un maître, un despote. Au reste, ne parlons pas politique.

— Préférez-vous parler philosophie? »

Il lança au loin sa chique, à l'américaine.

« Ah! dit-il, il vous plaît d'être ironique! Eh bien, je ne me refuse pas à parler philosophie. D'autant plus que ma philosophie est très simple. Elle ne ressemble pas à la philosophie allemande, que je connais fort peu, il est vrai, mais que je déteste, comme tout ce qui est allemand. »

Les yeux de l'inconnu s'enflammèrent.

« Oui, dit-il, je les déteste, parce que je suis patriote. Et vous aussi, comme Russe, vous devez les haïr.

— Permettez-moi...

— Et si vous ne les haïssez pas, tant pis pour vous. Ils vous en feront voir de dures, attendez un peu! Je les déteste, je les crains, ajouta-t-il en baissant la voix. Et l'un de mes meilleurs souvenirs, c'est que j'ai eu la chance de leur tirer des coups de fusil, à ces Allemands.

— Où cela donc?

— Mais... en Italie... j'ai pris part... Au reste, revenons à la philosophie. J'ai l'honneur de vous faire savoir, Monsieur, que toute ma philosophie consiste en ceci : il y a deux malheurs dans la vie humaine : la naissance et la mort. Le second malheur est le moins grand, car il peut être volontaire.

— Et la vie humaine ?

— Hum, hum, ce n'est pas facile à dire. Remarquez aussi, Monsieur, que, dans la vie, il n'y a que deux bonnes choses; c'est lorsque l'homme participe à la naissance ou à la mort, c'est-à-dire à l'un de ces deux malheurs dont je viens de parler.

— Oui, la guerre, la chasse et l'amour, comme disent les Espagnols. Seulement ils ajoutent : pour un plaisir, mille douleurs[1].

— Bravo ! Ils ont du bon quelquefois, ces diables d'Espagnols. Et voilà une preuve de la justesse de ma philosophie. Mais, dit-il en quittant la chaise, nous avons assez bavardé. Au revoir !

— Attendez, attendez, m'écriai-je. Voilà plus d'une heure que nous causons ensemble, et je ne sais pas encore avec qui j'ai l'honneur...

— C'est mon nom que vous voulez savoir ? A quoi bon ? Je ne vous ai pas demandé le vôtre. Je n'ai pas non plus cherché à savoir où

1.   *Guerra, caça y amores*
         Por un placer mil dolores.

vous demeurez; je ne crois pas nécessaire de vous dire non plus où je demeure, moi, quel trou j'habite. Nous nous rencontrons ici, c'est parfait. Ma conversation vous amuse... Il cligna de l'œil d'un air malicieux. — Je vous amuse, moi. »

Je me sentis un peu froissé. Décidément, ce Monsieur était trop sans gêne.

« Vous m'inspirez de l'intérêt, dis-je en accentuant chaque parole; mais vous ne me plaisez guère.

— Et vous, vous ne m'inspirez point d'intérêt, mais vous me plaisez. Cela suffit, il me semble, pour des rapports tels que ceux que nous avons. Si vous le désirez, appelez-moi M. François; et vous, si vous le permettez, je vous appellerai M. Ivan. Presque tous les Russes sont des Ivan. J'ai eu l'occasion de m'en apercevoir lorsque j'avais le déplaisir de vivre, en qualité de précepteur, chez l'un de vos généraux, dans l'une de vos provinces. Qu'il était bête, ce général ! Et qu'elle était pauvre, cette province! Sur ce, bien le bonjour, M. Ivan. »

Il tourna sur ses talons, et partit.

« Adieu, M. François, » criai-je à mon tour.

Quel homme est-ce, me demandai-je en regagnant la maison, quel être étrange? Se moque-

t-il de moi? Est-il convaincu de ce qu'il dit?
Quelles sont ses occupations? Son passé?
Qu'est-il enfin? Un littérateur manqué, un pion
de collège, un industriel ruiné, un pauvre gen-
tillâtre, un acteur sans emploi ? Et qu'est-ce qui
le pousse à me faire des confidences, à moi ?

Je me posais toutes ces questions, et, comme
de raison, je n'y trouvais pas de réponses. Ma
curiosité était excitée ; et ce n'est pas sans une
certaine émotion que je retournai le lendemain
au Palais-Royal. Cette fois-ci, j'attendis vainement mon original. Mais, le jour suivant, il parut
de nouveau sous l'auvent du café.

« Ah ! M. Ivan, s'écria-t-il dès qu'il m'aperçut, bonjour. Voici que le destin nous réunit encore. Comment allez-vous?

— Pas mal, et vous, M. François ?

— Ça boulotte. Hier, pourtant, j'ai failli crever. Des crampes au cœur; ça sentait la mort,
une vilaine odeur. Mais ce n'est rien. Allons
nous asseoir dans le jardin; il y a trop de monde
ici. Je ne puis pas souffrir qu'on me regarde de
côté, ou que quelqu'un s'appuie derrière mon
dos. Et puis, il fait beau temps. »

Nous allâmes nous asseoir dans le jardin. Je
me souviens que lorsqu'il fallut payer les deux
sous de la chaise, il tira un vieux porte-mon-

naie tout plat, qu'il fouilla longtemps et qui ne contenait guère que les deux sous. Je m'attendais à une nouvelle exposition de ses paradoxes: au contraire. Il se mit à me questionner sur certains personnages russes, importants à cette époque. Je lui répondis. Mais il voulait toujours plus de détails, plus d'anecdotes biographiques. M. François savait beaucoup de choses que je ne soupçonnais pas.

Décidément, il y avait chez cet homme un grand fonds de connaissances.

Petit à petit, la causerie tourna à la politique. Il était difficile de l'éviter, dans l'excitation où se trouvaient alors les esprits. M. François, négligemment, sans y attacher de l'importance, mentionna les noms de Guizot et de Thiers. En parlant du premier, il fit la remarque que la France avait vraiment du guignon. Il ne s'est trouvé, dit-il, qu'un homme ayant une volonté ferme, et c'est justement à contre-poil. Quant au second, ajouta-t-il, son rôle est fini pour longtemps.

— Que dites-vous, m'écriai-je, son rôle ne fait que commencer. Voyez les discours qu'il fait à la Chambre.

— D'autres hommes viendront, murmura-t-il, et tous ces discours ne sont que du bruit. Rien de plus. Voilà un monsieur dans un canot, qui harangue la cataracte; dans un instant, elle va culbuter son canot, et lui dedans. Du reste, vous ne me croyez pas, je le sais, et j'ai fini.

— Quoi donc? continuai-je. Vous supposez que ce serait Odilon Barrot... »

Ici, M. François ouvrit de grands yeux, et partit d'un éclat de rire, en renversant la tête.

« Boum, boum, boum! dit-il, en contrefaisant le garçon qui versait le café. Voilà tout votre Odilon Barrot.

— Donc, répliquai-je avec un peu de dépit, d'après vous, nous sommes à la veille de la République? Et ce sont les socialistes, n'est-ce pas, qui seront ces autres hommes dont vous parlez?»

M. François prit une pose un peu solennelle :

« Le socialisme est né chez nous, en France, mon bon Monsieur, et en France aussi il mourra, s'il n'est déjà mort; ou bien on le tuera. Et on le tuera de deux façons : ou bien par le ridicule, car, enfin, M. Considérant ne pourra pas toujours affirmer impunément qu'il poussera aux hommes une queue avec un œil au bout; ou bien de cette façon... et il plaça ses deux mains comme s'il visait avec un fusil. Voltaire prétendait que les Français n'ont pas la tête épique;

moi j'ose affirmer que les Français n'ont pas la tête socialiste.

— On n'est pas de cette opinion à l'étranger.

— Eh bien, messieurs les étrangers, vous prouvez pour la centième fois que vous ne nous comprenez pas. En ce moment, le socialisme exige une force créatrice. Il ira la chercher chez les Italiens, chez les Allemands, chez vous peut-être. Quant au Français, c'est un inventeur, il a presque tout inventé, mais ce n'est pas un créateur. Le Français est tranchant et étroit comme une épée ; il pénètre au cœur même des choses ; il invente, il trouve ; mais pour créer, il faut être large et rond.

— Comme les Anglais, ou comme vos chers Allemands ? » fis-je, non sans intention de moquerie.

M. François ne fit nulle attention à ma taquinerie.

« Le socialisme, le socialisme ! continua-t-il ; ce n'est pas un principe français. Nos principes sont tout autres. Nous en avons deux, deux pierres angulaires : la Révolution et la routine ; Robespierre et M. Prudhomme, voilà nos héros.

— En vérité ? Et l'élément militaire, qu'en faites-vous ?

— Nous ne sommes pas un peuple militaire.

Cela vous étonne. Nous sommes un peuple brave, très brave; guerrier, mais pas militaire. Dieu merci, nous valons mieux que cela? »

Il mâchonna le pommeau de sa canne.

« Oui, oui, et cependant s'il n'y avait pas nous autres, Français, il n'y aurait pas d'Europe.

— Il y aurait l'Amérique.

— Non, car l'Amérique c'est aussi l'Europe. Seulement, au rebours. Les Américains ne possèdent aucune de ces bases sur lesquelles s'appuie l'édifice européen. Et pourtant, le résultat est le même. Au reste, tout ce qui est humain, c'est toujours la même chose. Vous rappelez-vous les paroles du sergent instructeur à ses recrues : Le tour à droite est absolument la même chose que le tour à gauche; seulement, c'est absolument le contraire. Eh bien, l'Amérique c'est le tour à gauche de l'Europe.

— Si la France était Rome, reprit M. François après un instant de silence, ce serait pour un Catilina le moment de se montrer, car, dans peu de temps, fort peu de temps, vous le verrez, Monsieur, les pierres... (il éleva la voix), les pavés de nos rues, peut-être ici, tout près, à côté de nous, boiront encore du sang. Mais nous n'aurons pas de Catilina ni de César. Nous aurons le même Prudhomme avec le même Robespierre. A propos, n'êtes-vous point de mon opinion, qu'il est à regretter que Shakespeare n'ait pas écrit un *Catilina?*

— Alors vous avez une grande opinion de Shakespeare, bien qu'il ne soit qu'un poète?

— Oui, c'était un homme heureusement né, non sans talent. Il savait voir à la fois le noir et le blanc, ce qui est rare, et il ne plaidait ni pour le noir ni pour le blanc, ce qui est plus rare encore. Voilà une bonne chose qu'il a écrite : *Coriolan;* c'est sa meilleure pièce. »

Les soupçons que M. François tenait à l'aristocratie, me revinrent à l'esprit.

« *Coriolan* vous plaît peut-être parce que Shakespeare y parle peu respectueusement, dédaigneusement même, de la plèbe, de la populace?

— Non, reprit M. François, je ne méprise pas la populace, je ne méprise pas le peuple en général. Avant de mépriser les autres, il faudrait commencer par se mépriser soi-même, — ce que je ne fais que par boutades... et lorsque j'ai faim, ajouta-t-il à voix basse, d'un air sombre. — Mépriser le peuple? Pourquoi? Le peuple est comme la terre; si je veux, je la cultive et elle me nourrit; si je veux, je la laisse en jachères

et je la foule aux pieds. Il est vrai qu'il lui arrive
quelquefois de se secouer comme un caniche
mouillé; elle renverse, alors, tout ce que nous
avons construit sur elle, tous nos châteaux de
cartes. Du reste, c'est rare, ces tremblements
de terre. Oh! je sais très bien qu'à la fin des fins
elle m'engloutira, et le peuple aussi m'engloutira. Mais à cela pas de remède. Mépriser le
peuple! On ne méprise que ce que, dans
d'autres circonstances, il faudrait respecter. Ici,
il faut savoir tirer parti, savoir profiter de tout.
Voilà ce qui est nécessaire.

« Permettez-moi de vous demander : avez-
vous su, vous, tirer parti et profiter ? »

M. François poussa un soupir.

« Non, je ne l'ai pas su.

— Vraiment ?

— Je n'ai pas su, vous dis-je. Vous me regardez et vous pensez peut-être : Tu nous prédis
qu'il y aura bientôt des catastrophes en France;
eh bien, voilà pour toi le moment de pêcher en
eau trouble! Mais ce n'est pas en eau trouble
que le brochet prend du poisson, et je ne suis
pas même un brochet. — Il se tourna brusquement sur sa chaise et en frappa le dossier avec
son poing fermé. — Non, je n'ai su profiter de
rien. Sans cela, est-ce dans un état pareil que je

me serais présenté devant vous? et, d'un rapide
mouvement de la main, il se désigna lui-même.
— Je n'aurais probablement pas fait votre connaissance, ce que j'aurais regretté, ajouta-t-il
avec un sourire contraint, et je n'aurais pas vécu
dans ce misérable galetas que j'habite. Je n'aurais pas eu, chaque matin, en quittant mon
grabat et en jetant un regard sur la mer des toits
de Paris, l'occasion de répéter le mot de Jugur-
tha : *Urbs venalis!* Oui ; et pourtant, si j'avais
été comme cette ville, je ne serais pas dans
l'état où je suis, dans cette pauvreté, dans cette
misère, dans cette ignominie.

— Voici qu'il va me demander de l'argent,
pensai-je. »

Il se tut, laissa tomber sa tête sur sa poitrine
et se mit à remuer le sable avec le bout de son
bâton. Puis, il poussa de nouveau un profond
soupir, ôta ses lunettes, tira de sa poche de
derrière un vieux mouchoir à carreaux, en fit un
petit paquet et s'en frotta le front deux ou trois
fois, en levant le coude bien haut. Oui, dit-il
enfin, d'une voix qui s'entendait à peine, la vie
est une triste chose ; oui, c'est une triste chose
que la vie, mon bon Monsieur ! Une seule pensée me console, c'est que je mourrai bientôt, et
sans nul doute de mort violente.

« Vous ne serez donc pas roi ? allais-je lui demander; mais je me retins.

— Oui, de mort violente. Regardez un peu ça. Il approcha de moi sa main gauche dont il tenait la paume en l'air, et, sans lâcher le mouchoir, il y posa l'index de la main droite. Elles n'étaient guère propres, ni l'une ni l'autre. Vous voyez ce trait qui coupe la ligne de vie !

— Vous croyez donc à la chiromancie ?

— Vous voyez ce trait, répéta-t-il avec insistance. Eh bien, Monsieur, sachez-le d'avance; si jamais vous vous trouvez dans un lieu où rien ne pourrait me rappeler à votre souvenir, et si pourtant vous pensez tout à coup à moi, sachez que je ne serai plus.

— Vous croyez donc aussi à la fatalité ? »

M. François eut un léger mouvement d'épaules.

« Eh, Monsieur ! Je suis comme Socrate, qui savait beaucoup de choses et prétendait ne rien savoir... Je ne crois à rien... et je crois beaucoup de choses. Il n'y a que mon bonheur auquel je ne crois pas. »

Il baissa de nouveau la tête, et laissa tomber sur son genou la main qui tenait le mouchoir, tandis que l'autre, avec les lunettes, pendait inerte à son côté. Je profitai de ce que les yeux de M. François étaient baissés, et ne me troublaient pas, pour le considérer avec plus d'attention. Il me sembla tellement vieux et cassé; une si grande fatigue se voyait dans la courbe de ses épaules, et jusque dans la façon dont s'étaient placés ses grands pieds plats, chaussés de bottines rapiécées; si amèrement se serraient ses lèvres; si profondément se creusaient ses joues mal rasées; si tristement s'allongeait son long cou décharné; si piteusement tombait une touffe de cheveux grisonnants sur son front sillonné de rides... Homme infortuné, digne de compassion, pensai-je en moi-même. Tu es malheureux dans tout ce que tu as entrepris, dans ta famille, dans tes affaires. Si tu as été marié, ta femme t'a trompé et t'a planté là; si tu as des enfants, tu ne les connais point. Tu es seul, seul au monde.

Une exclamation à haute voix, et en russe, interrompit mes réflexions. Quelqu'un m'appelait. Je me retournai, et j'aperçus à deux pas de moi Alexandre Herzen, l'écrivain si connu, qui alors habitait Paris. J'allai à sa rencontre.

« Avec qui es-tu là? me dit-il en russe, sans diminuer l'éclat ordinaire de sa voix claire et haute. Qu'est-ce que c'est que cette figure?

— Cette figure?

7

— Mon cher, c'est un espion.

— Tu le connais donc ?

— Pas le moins du monde. Il suffit de le regarder. Ce sont là toutes leurs façons, toutes leurs habitudes. Quelle idée as-tu de frayer avec lui ? Prends garde, eh ! »

Je ne répondis rien. Mais comme je savais que, malgré tout son esprit, Herzen, surtout au premier abord, n'avait pas la facile connaissance des hommes ; comme je me rappelais qu'à sa table hospitalière, on voyait souvent des gens de mine suspecte, qui excitaient sa sympathie par deux ou trois paroles généreuses, et qui, par la suite, se dévoilaient pour de vrais agents d'espionnage, ainsi qu'il l'a raconté lui-même dans ses *Mémoires*, je n'attribuai pas une grande importance à son avertissement. Et l'ayant remercié de son intérêt amical, je revins à mon M. François.

Il continuait à rester assis la tête baissée.

« Ce que je voudrais vous dire, reprit-il, dès que je pris place à côté de lui, c'est que vous autres, messieurs les Russes, vous avez une mauvaise habitude. Dans la rue, devant les étrangers ou devant des Français, vous parlez en russe à haute voix, comme si personne ne pouvait vous comprendre. C'est pour le moins imprudent.

Ainsi, moi, j'ai compris tout ce que vous disait votre ami. »

Je rougis involontairement.

« Je vous en prie... Ne pensez pas... certainement, mon ami...

— Je le connais, interrompit M. François; c'est un homme très spirituel. Mais *errare humanum est.* »

Décidément M. François aimait à faire parade de son latin.

« Au reste, continua-t-il, je ne le blâme pas. A me juger par mon extérieur, on peut supposer de moi... tout ce qu'on voudra. Seulement, permettez-moi une question : si j'étais en effet ce que suppose votre ami, quel intérêt, quel profit aurais-je à vous filer, vous ?

— Certes, vous avez raison. »

M. François attachait sur moi un regard morne.

« Vous avez appris le russe quand vous étiez précepteur chez ce général ? demandai-je assez mal à propos. Mais j'avais hâte d'effacer au plus vite l'impression qu'avait dû produire l'assertion un peu téméraire de Herzen. Le visage de M. François se ranima ; un sourire effleura ses lèvres, et il me donna quelques petites tapes sur le genou comme pour me faire sentir qu'il avait deviné mon intention et qu'il m'en savait gré.

Puis, il remit ses lunettes et ramassa son bâton tombé par terre.

— Non, dit-il, j'ai appris votre langue plus tôt, à l'époque où je roulai d'Amérique en Sibérie, après avoir traversé le Texas et la Californie, car j'y suis allé, dans votre Sibérie. Et c'est là qu'il m'en est arrivé de toutes les couleurs.

— Par exemple?

— Non, je ne vous parlerai pas de la Sibérie, et par plusieurs motifs. D'abord, j'ai peur de vous offenser, et de vous affliger. *Pamalchine loutchi* [1], ajouta-t-il en mauvais russe, avec son petit rire sardonique, eh, eh, eh. Mais écoutez plutôt ce qui m'est arrivé dans le Texas. »

Et M. François, d'une façon très circonstanciée qui ne lui était pas habituelle, se mit à me raconter comment, errant dans le Texas pendant l'hiver, il dut chercher un abri dans un *blockhaus*, chez un colon mexicain ; comment, s'étant éveillé la nuit, il avait aperçu son hôte assis sur son lit avec un grand couteau dégainé à la main (*con una navaja*) ; comment cet homme d'une taille énorme et d'une force de taureau, lui avait déclaré qu'il allait lui couper le cou, par cette raison que ses traits lui rappelaient ceux de son plus mortel ennemi.

1. Mieux vaut se taire.

« Prouve-moi, disait le Mexicain, que je n'ai pas raison de me passer ce caprice, et de te saigner comme un porc, puisque je puis le faire avec impunité, et que jamais personne au monde ne saura ce que tu es devenu. Et quand même quelqu'un l'apprendrait, on ne s'aviserait pas de m'en demander compte, car personne ne s'intéresse à toi. Allons, expose tes preuves, car, Dieu merci, nous avons le temps de causer. »

Et moi, continua M. François, toute la nuit, jusqu'au jour, couché sous son couteau, je fus contraint de démontrer à cette brute ivre, tantôt en m'appuyant sur des textes de l'Écriture sainte (il était catholique, et ça pouvait prendre sur lui), tantôt par des considérations générales, que le plaisir qu'il trouverait à ma mort ne valait pas pour lui la peine de se salir les mains. Il faudrait enterrer mon cadavre, ne fût-ce que par mesure de salubrité ; c'était un embarras, etc., etc. Je fus même obligé de lui raconter des contes et de lui chanter des chansons. — Chante avec moi, hurlait-il, chante *la muchacha*... et je faisais la seconde partie. Et le tranchant du couteau, de cette diable de *navaja*, pendait à deux doigts de mon cou. Le Mexicain finit par s'endormir à mon côté, après avoir posé sa vilaine tête chevelue sur ma poitrine.

M. François me conta toute cette histoire d'une voix lente, endormie, sans se hâter. Puis, écarquillant les yeux, il se tut brusquement.

« Et qu'avez-vous fait de lui, de ce Mexicain ? demandai-je.

— Mais... je le privai de la possibilité de refaire une aussi sotte plaisanterie.

— Que voulez-vous dire ? »

M. François se passa la main sous le menton.

« Je lui ôtai son couteau ; c'est ce que vous auriez fait, n'est-ce pas ?

— Et puis ?

— Et puis... »

Il me jeta un regard oblique.

« Cette affaire réglée, je partis pour la Californie. Il m'arriva encore d'autres aventures, et toujours à cause de ces maudites-là, ajouta-t-il en désignant une femme d'un certain âge qui passait, modestement vêtue.

— A cause de ?...

— A cause de ces jupes. Oh ! les femmes, les femmes ! ces casseuses d'ailes, ces empoisonneuses de notre meilleur sang ! Au reste, adieu, Monsieur, il me semble que je commence à vous ennuyer. Et il ne me plaît pas d'ennuyer qui que ce soit, et surtout les gens dont je n'ai aucunement besoin. »

Il se leva, redressa sa taille, et, m'ayant fait un léger signe de tête, il partit en brandissant sa canne d'un air dégagé.

J'avoue que je n'ajoutais pas grande foi à toute cette histoire mexicaine. Elle fit même du tort à M. François dans mon esprit, et j'eus de nouveau la pensée qu'il me mystifiait. Mais dans quel but? C'est un original, un original, me répétai-je. Et pourtant je ne pouvais le tenir pour un espion, malgré l'affirmation de mon ami Herzen. Ce qui me causait une grande surprise, c'est qu'aucun des nombreux passants qui traversaient le Palais-Royal n'eût l'air de le reconnaître. Il est vrai que j'avais cru quelquefois m'apercevoir qu'il clignait de l'œil à quelques-uns; mais j'avais pu me tromper.

J'oubliais de dire que M. François ne sentait jamais le vin. Peut-être n'avait-il pas d'argent pour s'en procurer. Mais non, il m'a toujours fait l'effet d'un homme sobre.

Ni le lendemain, ni les jours suivants, il ne revint au lieu de nos rencontres, et peu à peu je cessai de penser à M. François.

Peu de temps avant le 24 février 1848, je partis pour la Belgique, et ce fut à Bruxelles que j'appris la nouvelle Révolution arrivée en France. Je me souviens que, pendant tout un jour, personne n'avait reçu de lettres ni de journaux de Paris. Les habitants se pressaient dans les rues et les places, dévorés d'une attente anxieuse. Le 26 février, à six heures du matin, j'étais encore couché dans mon lit d'hôtel, mais sans dormir. Tout à coup, la porte s'ouvre à deux battants, et quelqu'un crie à tue-tête : « La France est en République! » N'en croyant pas mes oreilles, je sautai de mon lit, et me précipitai hors de la chambre. Un garçon d'hôtel courait dans le corridor, et ouvrant les portes à droite et à gauche, jetait par chacune d'elles sa foudroyante exclamation. Une demi-heure plus tard, j'étais vêtu, j'avais emballé mes effets, et le chemin de fer m'emportait vers Paris. Les rails avaient été enlevés à la frontière; mes compagnons de voyage et moi nous eûmes grand'peine à gagner Douai en voiture de louage. Vers le soir, nous arrivâmes à Pontoise, mais pas plus loin, car les rails avaient été aussi enlevés tout autour de Paris.

Ce n'est pas le lieu de redire ici tout ce que j'ai entendu, vu, éprouvé, durant ce voyage. Je me souviens seulement qu'à l'une des stations, une locomotive, traînant un seul wagon, passa

devant nous avec un fracas épouvantable.
C'était un train express qui emportait vers le
Nord le commissaire de la République, le « ci-
toyen Antony Thouret ». Les gens qui l'accom-
pagnaient agitaient des drapeaux tricolores,
poussaient de grands cris, et les employés de la
station, dans une stupeur silencieuse, suivaient
du regard l'énorme figure du commissaire penché hors de la portière et levant les bras d'un
air d'autorité. Les années 1793 et 1794 me revinrent involontairement à la mémoire. Je me
souviens encore que dans le même wagon où
j'avais pris place se trouvait la très connue
Mme Gordon, qui se mit tout à coup à nous faire
un prêche sur la nécessité de recourir au
« prince ». Le prince seul pouvait tout sauver;
le prince était l'homme désigné par le destin.
D'abord, personne ne la comprenait; mais lorsqu'enfin elle prononça le nom de Louis-Napoléon, tous se détournèrent d'elle comme d'une
folle. Et pourtant la parole que m'avait dite
M. François sur le compte des Bonaparte me
traversa l'esprit : sa première prédiction s'était
accomplie! Je me souviens qu'avant d'arriver à
Pontoise, il y eut un choc entre notre train et
un train qui venait en sens contraire. Il y eut
des blessés; mais personne n'y fit la moindre

7.

attention; la seule pensée qui vint à chacun de nous fut celle-ci : Pourra-t-on continuer la route? Dès que le train repartit, tous les voyageurs se mirent à pérorer de plus belle. Tous, à l'exception d'un petit vieillard à cheveux blancs, qui s'était blotti, dans un coin du wagon dès la station de Douai, et qui ne cessait de répéter à voix basse : « Tout est perdu! tout est perdu! »

Je ne parlerai pas non plus des émotions qui m'assaillirent à mon entrée à Paris, en voyant des cocardes tricolores sur les chapeaux, les casquettes et jusque sur les enseignes; puis des hommes en blouse qui démolissaient des barricades, le fusil en bandoulière et au chant de la *Marseillaise.* Je passai toute cette journée comme dans un vertige. Le lendemain, selon mon habitude, je m'en allai déjeuner au Palais-Royal. Je n'y rencontrai pas M. François; mais je pus reconnaître que son pressentiment, quand il annonçait du sang versé dans le voisinage, s'était réalisé. On sait que le seul combat sérieux des journées de Février a été livré sur la place du Palais-Royal. Les jours suivants, je ne rencontrai pas davantage M. François. La première fois que je l'aperçus, ce fut le 17 mars, le jour même où une masse énorme d'ouvriers se rendit à l'Hôtel de Ville pour protester contre la manifestation connue sous le nom des « bonnets à poil ». Les bras ballants, les jambes écartées, il marchait à grands pas agiles au milieu de la foule, les reins ceints d'une écharpe rouge et portant une énorme cocarde rouge à sa coiffure. Nos regards se rencontrèrent; mais il ne fit pas mine de me reconnaître, quoiqu'il tournât de mon côté sa figure, comme pour me narguer. « Oui, c'est moi », semblait-il me dire, et il se remit à crier en ouvrant toute grande sa bouche sombre.

Pour la seconde fois, je l'aperçus au théâtre. Rachel chantait la *Marseillaise,* de sa voix sépulcrale. Il était au parterre, là où se tiennent d'habitude les claqueurs. Il ne criait point, cette fois, et n'applaudissait pas. Les bras croisés sur la poitrine, il regardait la chanteuse avec une attention farouche, lorsque, s'enveloppant dans les plis du drapeau, elle appelait les citoyens « à verser le sang impur ».

Je ne puis dire avec certitude que j'ai revu M. François au 15 mai, parmi les flots du peuple qui traversait la place de la Madeleine pour envahir la Chambre des représentants. Je crois bien cependant avoir reconnu sa voix singulière, à la fois sourde et retentissante, parmi les cris de « Vive la Pologne! » Mais, dans les

premiers jours de juin, M. François surgit tout
à coup devant moi, au même café du Palais-
Royal. Il me salua; il me tendit même la main,
ce qu'il n'avait jamais fait auparavant; mais il
ne s'assit pas à ma table, comme s'il eût eu honte
de son habit, qui tombait réellement en lam-
beaux, et de son chapeau défoncé. Une sorte
d'impatience inquiète semblait le dévorer; ses
joues s'étaient encore creusées, de légères convulsions couraient sur ses lèvres et sur tout son
visage; ses yeux rougis disparaissaient sous ses
lunettes, qu'il ne cessait de fixer sur son nez
avec toute sa main, comme pour se cacher. Je
pus me convaincre, cette fois, de ce que je soupçonnais auparavant. Ses lunettes avaient de
simples verres, qui ne lui servaient à rien, si ce
n'est d'une espèce de masque. Une anxiété
triste, l'anxiété particulière aux vagabonds sans
pain et sans abri, se lisait dans tout son être.
L'aspect misérable de ce personnage énigmati-
que excitait mon étonnement. Si c'est un agent,
me disais-je, comment est-il si pauvre? s'il
ne l'est pas, comment expliquer la vie qu'il
mène?

J'allais lui rappeler ses prédictions:

« Oui, oui, murmura-t-il avec une hâte fié-
vreuse, tout ça c'est de l'histoire ancienne. Mais

vous, n'allez-vous pas retourner dans votre Russie? Resterez-vous encore ici?

— Pourquoi ne resterais-je pas?

— C'est votre affaire. Mais, vous savez, nous allons bientôt vous faire la guerre.

— A nous?

— Oui, à vous, aux Russes. Il nous faudra de la gloire, beaucoup de gloire. La guerre avec la Russie est inévitable.

— Avec la Russie? Pourquoi pas avec une autre nation?

— Non, non, avec la Russie. Vous êtes encore jeune, vous verrez cela. Quant à la République (il fit un signe tranchant avec la main), elle est fichue. — Les ateliers nationaux, s'écriat-il avec une animation soudaine, les ateliers nationaux! y avez-vous été, les avez-vous vus? Avez-vous vu comment, au parc Monceaux, ils brouettent de la terre d'un endroit à un autre? C'est de là que tout viendra! Et ce qu'il y aura de sang... toute une mer de sang!... Quelle situation! tout prévoir, et ne rien pouvoir! n'être rien, rien! Tout embrasser (et il écarta largement ses deux mains, montrant ses manches déchirées et pendantes, il ne s'était pourtant pas défait de sa bague armoriée : elle se voyait toujours à son doigt), tout embrasser et ne rien

étreindre, rien... pas même un morceau de
pain !... »

Nous étions à la veille du 5 juin.

« Les élections de demain, reprit-il précipitamment, comme pour ne pas s'arrêter à cette
dernière pensée, sont aussi d'une grande importance. »

M. François me désigna par leurs noms les
députés qui seraient certainement élus par les
Parisiens. Il m'indiqua même le nombre ap-
proximatif de voix que chacun recueillerait.
Parmi ces noms se trouvait celui de Causs-
dière, auquel M. François donnait la première
place.

« Malgré le 15 mai ? » demandai-je.

M. François eut un sourire amer.

« Vous supposez que je le désigne parce qu'il
a été préfet de police ? »

Louis-Napoléon se trouvait aussi dans sa
liste.

« Il sera à la queue, fit observer M. François ; mais c'est suffisant. Quand on monte à
une échelle, il faut commencer par la dernière
marche pour arriver à la première. »

Le soir de ce même jour, je transmis à Herzen tous ces noms et tous ces chiffres, et je me
rappelle bien son étonnement lorsque, le lende-

main, les prédictions de M. François se réalisè-
rent mot pour mot.

« Où diable prends-tu tous ces renseignements ? me demanda Herzen plus d'une fois. »

Je finis par lui citer mon auteur.

« Ah ! cet être hybride ! »

Je reviens à notre conversation. Parmi les
noms que l'on entendait le plus souvent répéter,
à cette époque, était celui de Proudhon. Je le
nommai aussi à M. François, car il était également sur sa liste ; à la dernière place il est vrai...
ce qui se réalisa de même. Mais il se trouva que
M. François ne lui attribuait pas une grande
importance, pas plus qu'à Lamartine et à Ledru-
Rollin : il parlait avec une sorte de dédain de
tous ces personnages, ajoutant une nuance de
compassion pour Lamartine et une nuance de
colère pour Proudhon, « ce sophiste en sabots ».
Quant à Ledru-Rollin, il se contenta de l'appeler : « ce gros bêta de Ledru », et il en revenait
toujours aux ateliers nationaux. Du reste, toute
notre causerie ne dura pas plus d'un quart
d'heure. M. François se tint tout le temps debout, ne cessant de jeter autour de lui des regards inquiets, comme s'il attendait quelqu'un.
Me rappelant sa cocarde rouge, je lui dis, entre
autres choses :

« Comme, malgré tout, vous me semblez un républicain...

— Quel républicain? m'interrompit-il avec violence. Où prenez-vous que je suis républicain? C'est bon pour les épiciers. Eux seuls croient encore aux principes de 89, au progrès, à la fraternité universelle... »

Mais ici M. François s'arrêta soudain. Je me retournai pour voir ce qu'il avait aperçu. Un vieillard en blouse, avec une longue barbe blanche, lui faisait des signes de la main. Il lui répondit de même, le rejoignit en courant, et tous deux disparurent.

Depuis cette rencontre au café, je ne vis M. François qu'en trois circonstances : la première fois, je l'aperçus de loin, dans le jardin du Luxembourg. Il se tenait debout, à côté d'une jeune fille pauvrement mise. Elle semblait le supplier, tordait les mains et les portait à ses lèvres avec angoisse. Il écoutait d'un air sombre, et tout à coup, la repoussant brusquement du coude, il enfonça son chapeau sur ses yeux, et partit, tandis qu'elle s'enfuyait éperdue d'un autre côté.

Notre seconde rencontre fut plus significative. Elle eut lieu le 13 juin, le jour même où, sur la place de la Concorde, il se fit un rassemblement de bonapartistes, que Lamartine signala à la tribune, et qui fut promptement dispersé par la troupe de ligne. Dans un des recoins formés par le mur du jardin des Tuileries, j'aperçus un homme vêtu d'un habit de bateleur, qui, juché sur une charrette à deux roues, distribuait des brochures. J'en pris une ; elle contenait une biographie très louangeuse du prince Louis-Napoléon. J'avais souvent rencontré cet homme, un Breton, avec une énorme et épaisse chevelure relevée en l'air. Il vendait, sur les boulevards et dans les carrefours, des élixirs dentifrices, des pommades contre les rhumatismes et d'autres panacées. Pendant que je feuilletais la brochure, quelqu'un me poussa légèrement l'épaule. Je me retournai : c'était M. François. Il souriait de toute la largeur de sa bouche édentée, et me regardait ironiquement par-dessus ses lunettes.

« Voilà, voilà que ça commence, dit-il enfin, en piétinant sur place et se frottant les mains. Voici l'apôtre, le précurseur. A-t-il le don de vous plaire ?

— Qui ça, m'écriai-je, ce charlatan chevelu, ce paillasse ? Vous vous moquez de moi.

— Oui, oui, un charlatan, un paillasse, c'est précisément ce qu'il faut. Des cheveux étranges, des bracelets aux bras, un tricot avec des paillettes d'or, voilà ce qui frappe l'imagination. La légende, mon bon Monsieur, la légende est nécessaire, la réclame, la mise en scène, le miracle, le merveilleux. Les hommes commencent par s'étonner; puis ils vous respectent, oui, ils vous respectent! et ils finissent par croire. Quant à vous, souvenez-vous bien de ce que je vous dis : l'affaire sérieuse vient de commencer; et quand nous aurons passé la mer Rouge...

A ce moment un flot de peuple qui fuyait de la place de la Concorde, devant les baïonnettes des soldats, se jeta sur nous et nous sépara.

Ce fut pendant les terribles journées de Juin que je le vis pour la dernière fois. Il était vêtu d'un uniforme de garde national, tenait son fusil la pointe de la baïonnette en avant, et je ne saurais dire quelle froide cruauté exprimait son visage.

Depuis lors, je n'ai plus rencontré M. François. Vers l'année 1850 j'eus à me rendre à l'église russe pour assister au mariage d'un de mes amis. Et tout à coup, je ne sais pourquoi, il m'arriva de penser à M. François. Il me vint aussitôt à l'esprit que, puisque ses autres prophéties avaient frappé juste, il aurait pu être encore prophète cette fois-ci, et, en effet, n'être plus de ce monde. Au reste, quelques années plus tard, je pus me

convaincre avec certitude de sa mort. Derrière
un comptoir de boutique, j'aperçus un jour une
femme que, après quelque hésitation, je recon-
nus pour la jeune fille que j'avais vue, dans le
jardin du Luxembourg, pleurer si amèrement
en compagnie de M. François. Je me décidai à
lui rappeler cette scène. Dans le premier moment
elle resta tout interdite; mais dès qu'elle eut
compris de quoi il s'agissait, elle devint pâle,
puis rougit, et me pria de ne pas la questionner
davantage.

« Dites-moi au moins, fis-je : ce monsieur
est-il vivant ou mort? »

La jeune femme me regarda fixement.

« Il est mort, dit-elle enfin, et de la mort qu'il
méritait. C'était un méchant homme... Du reste,
il était bien malheureux, bien malheureux. »

Je ne pus rien apprendre de plus, et qui était,
ce M. François? La question resta une énigme.

Il y a de ces oiseaux de mer qui n'apparaissent
que pendant la tempête. Les Anglais les nomment
stormy petrels. Ils volent bas dans l'air troublé,
en rasant de leurs ailes les crêtes des vagues
furieuses, et disparaissent dès que le temps rede-
vient serein.

LE CHANT

DE

L'AMOUR TRIOMPHANT

(1542)

A la mémoire de Gustave Flaubert.

Voici ce que j'ai trouvé dans un vieux manuscrit italien :

I

Vers la moitié du XVIe siècle, vivaient à Ferrare (cette ville florissait alors sous le sceptre de ces magnifiques ducs, protecteurs des arts et de la poésie) deux jeunes gens portant les noms de Fabio et Muzio. Égaux en âge, proches parents,

presque inséparables, une amitié de cœur les
avait unis dès leur tendre enfance ; la conformité
de leurs destinées avait fortifié ce lien. Ils appar-
tenaient tous les deux à d'anciennes maisons ; ils
étaient tous les deux indépendants par la fortune et n'avaient plus de parents. Leurs goûts
et leurs penchants étaient semblables. Ils avaient
le même amour pour les arts : Muzio s'occupait
de musique, Fabio cultivait la peinture. Tout
Ferrare s'enorgueillissait d'eux et les considérait
comme l'ornement de la cour et de la ville.

Ils ne se ressemblaient pourtant pas d'aspect,
quoique tous deux se distinguassent par la svelte
élégance de la jeunesse. Fabio plus haut de taille
était blond, avec le visage blanc et des yeux bleus ;
Muzio, au contraire, avait le visage basané, les
cheveux noirs et, dans ses yeux d'un brun sombre,
on ne voyait pas l'éclat aimable, ni, sur ses lèvres,
le sourire avenant de Fabio. Ses épais sourcils
s'abaissaient sur des paupières étroites, tandis
que les sourcils de Fabio s'élevaient en fins demi-
cercles sur un front uni et pur. Muzio avait aussi
moins de vivacité dans la conversation. Malgré
tout cela, les deux amis plaisaient également aux
dames ; car ce n'est pas en vain qu'ils étaient cités
comme des modèles de générosité et de courtoisie
chevaleresque.

Au même temps qu'eux vivait, à Ferrare, une jeune fille du nom de Valeria. Elle passait pour une des beautés de la ville, bien qu'on ne pût la voir que fort rarement; elle menait une vie retirée et ne sortait de la maison que pour aller à l'église, ou, pendant les grandes fêtes, aux promenades. Elle vivait avec sa mère, veuve, femme de noble naissance, peu fortunée, et qui n'avait pas d'autres enfants. A tous ceux qui la rencontraient, Valeria inspirait un sentiment d'admiration involontaire, mêlé d'un sentiment tout aussi involontaire de respect attendri : si modeste était sa tenue, si peu semblait-elle avoir conscience du pouvoir de ses charmes! Quelques-uns, il est vrai, la trouvaient un peu pâle, et disaient que le regard de ses yeux, presque toujours baissés, exprimait une réserve allant jusqu'à la timidité. Son sourire était rare, et presque personne n'avait entendu sa voix. Et pourtant, il courait un bruit que cette voix était très belle, et que, renfermée dans sa chambre, de grand matin, pendant que toute la ville dormait encore, Valeria aimait à chanter de vieux airs, au son d'un luth dont elle s'accompagnait elle-même. Malgré la pâleur de son teint, la jeune fille florissait; et jusqu'aux vieillards, en la voyant passer, ne pouvaient s'empêcher de se dire : Oh ! qu'heu-

reux sera le jeune homme pour lequel s'épa-
nouira enfin cette fleur, repliée dans ses pétales,
intacte et virginale encore !

II

Fabio et Muzio aperçurent Valeria pour la
première fois à une grande fête populaire donnée par les ordres du duc de Ferrare, Ercole,
le fils de la célèbre Lucrezia Borgia, en l'honneur de certains grands seigneurs arrivés de
Paris sur l'invitation de la duchesse, fille du roi
de France Louis XII.

Assise à côté de sa mère, Valeria se trouvait
au milieu d'une magnifique tribune élevée,
d'après les dessins de Palladio, sur la principale
place de Ferrare, pour les plus nobles dames de
la ville.

Tous les deux et le même jour, Fabio et Muzio s'éprirent éperdument de Valeria ; et comme
ils n'avaient rien de caché l'un pour l'autre,
chacun d'eux sut bientôt ce qui se passait dans
le cœur de son ami. Ils décidèrent entre eux
qu'ils tâcheraient de se rapprocher de la jeune

fille, et, si elle daignait faire un choix entre les deux, que celui qui ne serait pas élu devrait se soumettre sans murmurer. Quelques semaines plus tard, grâce à la bonne renommée dont ils jouissaient à juste titre, ils purent pénétrer dans la maison, d'un accès si difficile, qu'habitait la noble veuve.

Depuis ce moment, il leur fut possible de voir presque chaque jour Valeria et de l'entretenir, de sorte que, chaque jour, le feu allumé au cœur des deux jeunes gens brûlait avec une ardeur de plus en plus grande. Mais Valeria ne témoignait de préférence pour aucun d'eux, quoique leur présence parût visiblement lui plaire. Avec Muzio, elle s'occupait de musique; mais elle causait plus volontiers avec Fabio, qui la mettait plus à son aise.

Ils se décidèrent enfin à connaître leur sort, et envoyèrent à Valeria une lettre dans laquelle ils la priaient de déclarer auquel elle consentait à accorder sa main. Valeria montra cette lettre à sa mère, et, tout en affirmant qu'elle était prête à rester demoiselle, elle ajouta qu'elle s'en remettrait entièrement au choix de sa mère, si celle-ci trouvait qu'il était temps qu'elle prît un époux. La respectable veuve répandit quelques larmes à l'idée de se séparer de son enfant chérie,

8

mais ne trouva pas de raison pour refuser les deux prétendants qu'elle jugeait également dignes de la main de sa fille. Cependant, comme au fond du cœur elle avait une préférence pour Fabio, dont le caractère lui semblait plus conforme à celui de Valeria, ce fut lui qu'elle désigna. Dès le lendemain, Fabio connut son bonheur, et il ne resta plus à Muzio qu'à tenir sa parole, à se soumettre.

C'est ce qu'il fit; mais, rester témoin du triomphe de son ami, de son rival, c'est ce qu'il ne put faire. Il vendit la plus grande partie de ses biens, et, ayant rassemblé quelques milliers de ducats, il partit pour un long voyage dans les contrées de l'Orient. En prenant congé de Fabio, il lui dit qu'il ne reviendrait pas avant que les dernières traces de son amour n'eussent complètement disparu. Fabio ne se sépara point sans peine de l'ami de son enfance ; mais la joyeuse attente de son bonheur prochain effaça bientôt tout autre sentiment, et il s'abandonna tout entier aux transports de l'amour partagé.

Bientôt après il épousa Valeria, et ce fut alors seulement qu'il comprit la valeur du trésor qu'il avait conquis.

Il possédait une belle villa entourée d'un jardin plein de beaux arbres, à une petite distance de Ferrare. Il s'y établit avec Valeria et sa mère.

Alors commença pour eux tous une époque de bonheur. La vie de famille montra sous un jour nouveau et charmant les perfections de Valeria. Fabio devenait un peintre remarquable, presque un maître, d'amateur qu'il avait été. La mère de Valeria ne cessait de remercier Dieu en contemplant ce couple fortuné. Quatre années se passèrent ainsi, rapidement, comme un rêve. Une seule chose manquait au bonheur des jeunes époux : ils n'avaient pas d'enfants. Mais l'espoir ne les abandonnait pas. Vers la fin de la quatrième année, un malheur, irréparable cette fois-ci, vint les frapper : la veuve mourut après une maladie de quelques jours.

Valeria pleura longtemps ; longtemps elle ne put s'habituer à cette perte. Mais une année encore se passa et la vie reprit son cours habituel. Et voici que par un beau soir d'été, sans avoir prévenu personne de son arrivée, Muzio reparut à Ferrare.

III

Pendant les cinq années qui s'étaient écoulées
depuis son départ, personne n'avait entendu
parler de lui. Son nom même n'avait plus été
prononcé, comme s'il eût disparu de la surface
de la terre. Lorsque Fabio rencontra son ami
dans une des rues de Ferrare, il eut peine à
retenir un cri d'effroi d'abord, puis de joie. Il
l'invita aussitôt à venir à sa maison de campagne. Là, dans le jardin, se trouvait un pavillon
isolé, commode à habiter.

Fabio le mit à sa disposition; Muzio accepta
avec empressement, et le matin du jour suivant
il alla s'y établir avec son domestique.

C'était un Malais muet; muet, mais non
sourd; et même, à en juger par la vivacité de son
regard, c'était un homme plein de pénétration.
Il avait eu la langue coupée. Muzio apportait
avec lui une quantité de coffres remplis d'une
foule d'objets précieux qu'il avait ramassés
pendant le cours de ses longues pérégrinations.
Valeria se réjouit franchement du retour de

Muzio, et, lui, la salua avec une gaieté amicale et tranquille. On voyait évidemment qu'il avait tenu la parole donnée à Fabio. Dans le courant de la journée, il s'installa dans son pavillon.

Avec l'aide du Malais, il fit sortir de ses coffres toutes les raretés qu'il avait apportées : tapis, étoffes de soie, vêtements en velours et en brocart, armes, coupes, plats, vases ornés d'émail, objets en or et en argent incrustés de perles et de turquoises, coffrets ciselés en ambre et en ivoire, flacons de cristal taillé, épices, parfums, peaux de bêtes, plumes d'oiseaux inconnus, et une foule d'objets dont l'usage même paraissait mystérieux et incompréhensible. Parmi ces choses précieuses, se trouvait un riche collier de perles que Muzio avait reçu en cadeau du shah de Perse pour certain service important et secret. Il demanda à Valeria la permission de le lui mettre au cou lui-même. Ce collier sembla lourd à la dame et doué d'une étrange chaleur. Il se colla immédiatement à sa peau. Vers le soir, après le dîner, à l'ombre des citronniers et des lauriers-roses, Muzio se mit à raconter ses aventures ; il parla des pays lointains qu'il avait vus, des montagnes s'élevant bien au-dessus des nuages, d'immenses déserts sans eau, de fleuves ressemblant à des mers ; il parla d'édifices et de temples gigantesques, d'arbres comptant plusieurs milliers d'années ; il nommait les villes et les peuples qu'il avait visités: leurs noms seuls réveillaient comme un souffle de légende. Tout l'Orient était bien connu de Muzio. Il avait traversé la Perse, l'Arabie où les chevaux sont les plus nobles et les plus beaux des êtres animés. Il avait pénétré jusqu'au fond de l'Inde, où les hommes, grands et tranquilles, ressemblent à des plantes majestueuses. Il avait atteint les frontières du Thibet, où le Dieu vivant, nommé Dalaï-Lama, habite sur terre sous la forme d'un homme silencieux, aux yeux allongés. Merveilleux étaient ces récits. Fabio et Valeria l'écoutaient immobiles, comme pris d'enchantement. Les traits du visage de Muzio avaient peu changé : basané dès l'enfance, ils s'étaient plus assombris encore, hâlés sous les rayons d'un soleil plus ardent; et les yeux semblaient plus enfoncés qu'autrefois; mais l'expression de ce visage était devenue différente, grave, concentrée ; il ne s'animait même pas lorsque Muzio parlait des dangers auxquels il avait été exposé, la nuit, dans les forêts où retentit le rugissement du tigre, le jour, sur les routes solitaires, où le voyageur est guetté par des fanatiques qui l'étranglent en honneur d'une déesse d'airain qui exige des victimes humaines. La voix de Muzio aussi était devenue plus sourde et plus égale. Les mouvements de ses mains et de tout son corps avaient perdu la souplesse naturelle à la race italienne.

A l'aide de son domestique, le Malais, servilement agile, Muzio montra à ses hôtes plusieurs tours que lui avaient enseignés des brahmines indiens.

Ainsi, par exemple, s'étant préalablement caché derrière une tenture, il apparut tout à coup assis dans l'air, les jambes repliées et ne s'appuyant que du bout des doigts d'une main sur une canne de bambou placée d'aplomb, ce qui n'étonna pas peu Fabio et effraya même Valeria. Ne serait-ce pas un sorcier? pensa-t-elle. Aussi, quand il s'avisa d'appeler, en soufflant dans une petite flûte, des serpents apprivoisés renfermés dans une corbeille recouverte d'un riche tapis rouge; quand apparurent de dessous les franges leurs petites têtes plates et sombres, remuant leurs dards fourchus, Valeria fut saisie de terreur et supplia Muzio de cacher au plus vite ces hideuses bêtes qui lui avaient toujours fait horreur.

Pendant le souper, Muzio offrit à ses amis du vin de Chiraz, qu'il leur versa d'un flacon à

panse ronde et à long cou. Extrêmement par-
fumé, d'une couleur dorée avec un reflet verdâtre, ce vin brillait mystérieusement dans les
petites coupes en jade où il l'avait versé. Très
doux et très épais, il ne ressemblait pas aux vins
d'Europe, et, bu lentement et à petites gorgées,
il produisait dans tous les membres une sensation d'agréable somnolence.

Muzio obligea ses amis à en boire une coupe
et en but une lui-même sans quitter des yeux
Valeria. Avant qu'elle eût bu, il avait, se penchant sur la table, murmuré quelque chose et
agité les doigts au-dessus de la coupe de Valeria.
Celle-ci l'avait bien remarqué ; mais comme, dans
toutes les manières de Muzio, il y avait quelque
chose d'étrange et d'inconnu, elle se borna à
penser : « N'aurait-il pas pris quelque nouvelle
religion, ou bien sont-ce là les coutumes de ces
pays? » Puis, après un court silence, elle lui
demanda s'il avait continué pendant son voyage
à s'occuper de musique. Pour toute réponse,
Muzio ordonna au Malais d'apporter le violon
indien. Ce violon ressemblait assez à ceux d'aujourd'hui ; seulement, il avait trois cordes au
lieu de quatre, et la table en était recouverte
d'une peau de serpent bleuâtre. L'archet, fait
d'un jonc très fin, avait la forme d'un demi-

cercle, et tout au bout étincelait un diamant
taillé en pointe.

Muzio commença par jouer quelques airs
traînants et tristes, qu'il disait être populaires,
mais qui semblaient étranges et même sauvages
à une oreille italienne. Le son des cordes métalliques était faible et plaintif. Mais quand Muzio
entonna son dernier air, le même son devint
tout à coup plus fort et se mit à vibrer avec
éclat. Une mélodie passionnée jaillit sous
l'archet, conduit avec une ampleur magistrale.
Elle ondulait lentement, pareille au serpent dont
la peau recouvrait la table du violon. Et d'un tel
feu, d'une joie si triomphante brûlait, brillait
cette mélodie, que Fabio et Valeria sentirent
leurs cœurs se serrer et que des larmes leur
vinrent aux yeux, tandis que Muzio, la tête
penchée et appuyée avec force contre son violon,
les joues pâles, les sourcils réunis en un seul
trait, semblait encore plus concentré et plus
grave que de coutume, et le diamant au bout de
l'archet jetait, allant et venant, des étincelles
lumineuses, comme si lui-même avait été allumé
par le feu de cette merveilleuse mélodie.

Quand Muzio s'arrêta enfin, tout en serrant
encore le violon entre l'épaule et le menton, mais
en laissant retomber la main qui tenait l'archet :

« Qu'est cela ? » s'écria Fabio. Valeria ne prononça pas un mot, mais il semblait que tout son
être répétait la question de son mari.

Muzio posa le violon sur la table, et ayant
légèrement secoué ses cheveux, il répondit avec
un demi-sourire : « Ceci, c'est une chanson que
j'ai entendue un jour dans l'île de Ceylan. Parmi
le peuple, on l'appelle le *Chant de l'amour
triomphant.* » — « Répète-la », murmura Fabio.
— « Non, on ne peut pas répéter cela, répondit
Muzio ; de plus, il se fait tard. La signora doit
avoir besoin de repos, et moi aussi je me sens
fatigué. »

Pendant le cours de la journée, Muzio avait
eu envers Valeria une attitude simple et respec-
tueuse comme un vieil ami. Mais en s'en allant
il lui serra la main avec beaucoup de force, en
appuyant les doigts dans le creux de la main et
en fouillant du regard si obstinément le visage
de la jeune femme, que, quoiqu'elle n'eût pas
levé les paupières, elle sentit ce regard sur ses
joues devenues subitement enflammées. Elle ne
dit rien à Muzio, mais retira brusquement sa
main, et, quand il se fut éloigné, elle regarda
longuement la porte par laquelle il était sorti.

Cette espèce de crainte qu'il lui avait toujours
inspirée lui revint à la mémoire, et un trouble

vague s'empara d'elle. Muzio se retira dans son pavillon et les deux époux rentrèrent dans leur appartement.

IV

Valeria fut longtemps à s'endormir. Le sang de ses veines s'agitait lourdement, et elle avait comme un léger tintement dans la tête. Était-ce l'effet du vin étrange qu'elle avait bu, ou celui des récits bizarres de Muzio, ou celui de son jeu sur le violon? Elle s'endormit vers le matin, et elle eut un rêve singulier : il lui sembla qu'elle entrait dans une vaste chambre à voûte sur-baissée, comme elle n'en avait jamais vu. Tous les murs sont couverts de carreaux émaillés d'un bleu pâle, avec des filigranes d'or; de fines co-lonnettes d'albâtre ciselées soutiennent la voûte en marbre, et cette voûte, ainsi que les colon-nettes, semble à demi transparente. Une lumière rose pénètre de partout dans la chambre, éclai-rant tous les objets d'une façon monotone et mystérieuse. Des coussins de brocart sont amoncelés sur un tapis étroit placé au milieu

d'un plancher en mosaïque uni comme une
glace. Dans les coins fument légèrement des
brûle-parfums qui représentent des animaux
monstrueux. Nulle part de fenêtres. Une porte,
recouverte d'un rideau de velours sombre, se
dresse silencieuse dans un enfoncement de la
muraille. Voici que cette porte s'ouvre... et entre
Muzio. Les yeux fixés sur Valeria, il s'avance
rapidement vers elle. Il salue, ouvre les bras, il
rit... Elle ne peut bouger... Des bras durs en-
tourent sa taille, des lèvres sèches la brûlent.
elle tombe à la renverse sur les coussins du
tapis...

Gémissant d'épouvante, après de longs efforts,
Valeria se réveille. Ne comprenant pas encore
bien ce qui lui était arrivé, elle se soulève sur
son lit, regarde autour d'elle; un frisson parcourt
tout son corps. Fabio est couché près d'elle, il
dort, mais son visage, à lueur de la lune ronde
et claire qui regarde par les fenêtres, est pâle
comme celui d'un mort, et plus triste. Valeria
réveilla son mari. Dès qu'il eut jeté un regard
sur elle :

« Qu'as-tu ? s'écria-t-il.

— Oh! un terrible rêve, murmura-t-elle,
toute frissonnante encore. »

Mais, dans ce moment même, du côté du pavillon, arrivèrent des sons éclatants, et Fabio et Valeria reconnurent la mélodie que Muzio leur avait jouée et qu'il avait nommée le *Chant de l'amour triomphant*.

Fabio regarda Valeria avec surprise ; celle-ci ferma les yeux en se détournant, et tous deux, retenant leur respiration, écoutèrent ce chant jusqu'au bout. Quand le dernier son s'éteignit, la lune se voila d'un nuage, et la chambre devint brusquement sombre. Les deux époux posèrent la tête sur l'oreiller sans échanger une parole, et aucun des deux ne s'aperçut quand l'autre s'endormit.

V

Le lendemain matin, quand Muzio vint au déjeuner, il semblait satisfait, et il salua gaiement Valeria. Elle lui répondit avec embarras, et, l'ayant regardé à la dérobée, elle eut tout à coup peur de ce visage satisfait et souriant, de ces yeux perçants et curieux. Il allait de nouveau entamer ses récits, quand Fabio l'interrompit dès le premier mot :

« Il paraît que tu n'as pas pu t'endormir dans ton nouveau logis. Ma femme et moi nous t'avons entendu jouer ton morceau d'hier.

— Ah ! vous l'avez entendu ? Oui, j'ai joué, en effet ; mais je m'étais endormi auparavant, j'avais même eu un rêve bien bizarre. »

Valeria devint attentive.

« Quel rêve ? demanda Fabio.

— Il me sembla, dit Muzio sans quitter des yeux Valeria, que j'entrais dans une vaste salle voûtée, meublée à l'orientale ; des colonnettes ciselées soutenaient la voûte. Les murs étaient recouverts de carreaux émaillés, et quoiqu'il n'y eût ni fenêtres ni bougies, toute la salle était éclairée d'une lueur rose, comme si les murs eussent été en pierres transparentes. Dans les coins fumaient des brûle-parfums chinois ; des coussins de brocart étaient jetés par terre sur un étroit tapis. J'entrai par une porte que cachait une tapisserie, et par une autre porte, juste en face, apparut une femme que j'avais aimée jadis, et elle me sembla si belle, que je me sentis envahi de mon ancienne passion... »

Muzio se tut d'un air significatif.

Valeria restait immobile. Elle avait lentement pâli, et sa respiration était devenue plus profonde.

« Alors, continua Muzio, je m'éveillai et je jouai cette chanson.

— Mais qui donc était cette femme? demanda Fabio.

— Qui elle était? La femme d'un Indou. Je l'ai rencontrée dans la ville de Delhi. Elle n'est plus de ce monde, elle est morte.

— Et le mari? demanda Fabio, sans se rendre compte pourquoi il faisait cette question.

— Le mari? On dit qu'il est mort aussi; je les ai bientôt perdus de vue tous les deux.

— C'est étrange, fit Fabio; ma femme aussi a eu cette nuit un rêve extraordinaire (Muzio se tourna vers Valeria), qu'elle n'a pas voulu me raconter. »

Mais ici Valeria se leva et sortit de la chambre. Bientôt après Muzio s'en alla comme elle, en disant qu'il devait se rendre à Ferrare pour ses affaires et qu'il ne reviendrait pas avant le soir.

VI

Quelques semaines avant le retour de Muzio, Fabio avait commencé le portrait de sa femme

en lui donnant les attributs de sainte Cécile. Il
s'était beaucoup perfectionné dans son art. Le
célèbre Luini, l'élève du grand Léonard, était
venu le voir à Ferrare, et, tout en l'aidant de ses
conseils, il lui avait transmis les préceptes de
son illustre maître. Le portrait était presque
complètement achevé; il ne restait plus qu'à
donner les dernières retouches au visage, et
Fabio aurait pu, à juste titre, être fier de son
œuvre.

Après avoir reconduit Muzio, Fabio se dirigea vers son atelier, où Valeria l'attendait d'habitude. Mais il ne l'y trouva point. Il l'appela à
haute voix; elle ne répondit pas. Il se mit a la
chercher dans la maison, et il ne la trouva nulle
part. Pris d'une certaine inquiétude, Fabio courut au jardin, et là, dans une des allées les plus
éloignées, il aperçut Valeria. Elle était assise sur
un banc, la tête penchée sur la poitrine, les
mains croisées sur les genoux; derrière elle, se
détachant sur la sombre verdure des cyprès, un
Satyre en marbre, la face tordue par un mauvais
rictus moqueur, appuyait aux joncs d'un chalu-
meau ses lèvres pointues.

Valeria se réjouit visiblement de l'apparition
de son mari, et, en réponse à ses questions in-
quiètes, lui dit qu'elle avait un léger mal de tête,

mais que cela ne l'empêcherait pas d'aller poser.

Fabio la mena à l'atelier, la plaça, prit ses pinceaux; mais, à son grand dépit, il lui fut impossible de finir le visage comme il l'aurait désiré. Non parce que ce visage était un peu pâle et semblait fatigué, mais il ne pouvait pas y trouver aujourd'hui cette expression pure et sainte qui lui avait tellement plu en elle, et qui lui avait donné l'idée de la représenter sous les traits de sainte Cécile. Il finit par jeter ses pinceaux en disant à sa femme qu'il ne se sentait pas en veine et qu'elle ferait bien de prendre du repos. Puis il retourna son chevalet avec le tableau du côté du mur. Valeria fut de son avis, et, se plaignant de nouveau de son mal de tête, se retira dans sa chambre.

Fabio resta seul dans son atelier. Il ne pouvait se défendre d'une sorte d'appréhension vague.

Le séjour de Muzio sous son toit, ce séjour qu'il avait tant désiré, commençait à le gêner. Non pas qu'il fût jaloux, Valeria ne pouvait inspirer ce sentiment, mais il ne reconnaissait plus dans son ami son camarade d'autrefois. Tous ces éléments nouveaux, étrangers, que Muzio avait rapportés de ces contrées lointaines et qui semblaient lui être entrés dans le sang; ces tours de magie, ces chansons, ces boissons étranges, ce Malais muet, jusqu'à l'odeur épicée qui émanait des vêtements de Muzio, de ses cheveux, de son haleine même, tout cela inspirait à Fabio un sentiment ressemblant à de la méfiance, presque à de la peur. Et pourquoi ce Malais, en servant la table, le regarde-t-il, lui Fabio, avec un air ironique et sournois? Vraiment on croirait qu'il comprend l'italien. Muzio a dit de lui que, par le sacrifice de sa langue, le Malais avait acquis une grande puissance. Quelle puissance? Et comment a-t-il pu l'acquérir au prix de sa langue? Tout ceci est très étrange, très incompréhensible.

Fabio se rendit dans la chambre à coucher de sa femme. Elle était étendue sur le lit, mais elle ne dormait pas. Entendant des pas, elle eut un brusque frisson, mais ensuite elle se réjouit de le voir, tout comme au jardin. Fabio s'assit auprès d'elle, lui prit la main et, après un court silence, lui demanda ce qu'était ce rêve extraordinaire qui l'avait tant effrayée la nuit précédente. Était-il dans le genre de celui qu'avait raconté Muzio?

Valeria rougit et répondit avec précipitation :

« Oh! non, non! J'ai vu un monstre qui voulait me déchirer!

— Un monstre, sous la forme d'un homme ? demanda Fabio.

— Non, d'une bête, d'une bête ! »

Et Valeria enfonça dans les oreillers son visage rougissant.

Fabio tint encore pendant quelques instants la main de sa femme dans les siennes, la pressa en silence sur ses lèvres, et s'éloigna. Triste fut la journée que passèrent les deux époux. Il semblait que quelque chose de lourd, de sombre, s'était suspendu au-dessus de leur tête. Mais quoi ? C'est ce qu'ils ne pouvaient dire. Ils désiraient être ensemble, comme si un danger les menaçait ; mais de quoi parler, ils n'en savaient rien. Fabio essaya de reprendre le portrait, de lire l'Arioste, dont le poème, qui venait de paraître à Ferrare, faisait déjà du bruit en Italie ; mais rien ne lui réussissait. Muzio revint fort tard dans la journée, pour l'heure du souper.

VII

Il semblait tranquille et content, mais il raconta peu de choses. Il questionna Fabio sur leurs amis communs, sur la campagne d'Allemagne, sur l'empereur Charles; il parla de son désir d'aller à Rome voir le nouveau pape. De nouveau, il offrit à Valeria du vin de Chiraz; et comme elle refusait, il murmura comme en se parlant à lui-même : « Il n'en est plus besoin. »

Revenu avec sa femme dans leur chambre à coucher, Fabio s'endormit bientôt; puis, s'étant réveillé une heure plus tard, il put se convaincre que personne ne partageait sa couche. Valeria n'était plus là. Il se souleva brusquement, et, dans ce même moment, il aperçut sa femme qui, en vêtement de nuit, rentrait dans la chambre par la porte-fenêtre de plain-pied avec le jardin. La lune éclairait en plein, bien que, quelques instants auparavant, une légère pluie fût tombée sur la terre. Les yeux fermés, portant une expression de secrète épouvante sur son visage immobile, Valeria s'approcha du lit, et, l'ayant tâté de ses mains étendues en avant, se coucha avec une hâte silencieuse. Fabio lui fit une question; elle ne répondit rien; elle semblait dormir. Il la toucha et sentit sur son vêtement, sur ses cheveux, des gouttes de pluie, et aux plantes de ses pieds des grains de sable. Alors il sauta du lit, et s'élança dans le jardin par la porte entr'ouverte. La lumière de la lune, claire jusqu'à la dureté, inondait tous les objets. Fabio regarda rapidement autour de lui et aperçut sur le sable des traces de deux paires de pieds, dont les uns étaient nus ; et ces traces menaient à un berceau de jasmin qui se trouvait entre le pavillon et la maison. Stupéfait, il s'arrêta ; quand tout à coup retentirent de nouveau les sons de cet air qu'il avait entendu déjà la nuit passée. Fabio se précipite dans le pavillon. Muzio se tient debout au milieu de la chambre, et joue sur son violon.

Fabio s'élance vers lui.

« Tu as été au jardin, tu es sorti, ton habit est mouillé par la pluie.

— Quoi ?... Non, je ne sais pas, répond Muzio avec lenteur, comme étonné de l'arrivée de Fabio et de son agitation. »

Fabio le saisit par le bras.

« Pourquoi joues-tu encore cet air ? As-tu encore eu un rêve ? »

Muzio regarde Fabio du même air étonné et engourdi, et se tait.

« Réponds donc !

« La lune est là comme un bouclier rond,

« La rivière brille comme un serpent,

« L'ami s'est réveillé, l'ennemi s'est endormi,

« L'épervier déchire l'oiseau.

« A mon aide! » chantonne Muzio comme dans un rêve.

Fabio recula de deux pas, examina Muzio en silence et, après avoir hésité un instant, regagna sa chambre.

La tête penchée sur l'épaule et les deux bras étendus inertes, Valeria dormait d'un sommeil lourd. Fabio ne la réveilla qu'avec peine; mais dès qu'elle l'aperçut, elle se jeta à son cou, l'embrassa convulsivement; tout son corps frémissait.

« Qu'as-tu, ma chérie, qu'as-tu? répétait Fabio, en s'efforçant de la calmer. Mais elle continuait à palpiter et à suffoquer sur sa poitrine.

— Ah! quels songes horribles je vois! » murmura-t-elle enfin, en se cachant le visage.

Fabio voulut la questionner encore, mais elle ne faisait que frissonner.

Les vitres des fenêtres rougissaient déjà des premières lueurs du matin, quand elle s'endormit enfin dans les bras de son mari.

VIII

Le lendemain, dès l'aube, Muzio avait disparu, et Valeria déclara à son mari qu'elle avait l'intention de faire une visite au monastère voisin où vivait son confesseur, un vieux et respectable moine, dans lequel elle avait une confiance entière. Aux questions de Fabio, elle répondit qu'elle désirait, par la confession, alléger son âme du fardeau que les impressions étranges des derniers jours faisaient peser sur elle.

En voyant le visage amaigri de Valeria, en écoutant sa voix éteinte, Fabio ne put qu'approuver son projet : le respectable père Lorenzo pouvait seul lui donner un conseil salutaire et dissiper ses doutes. Sous l'escorte de quatre serviteurs, Valeria partit pour le monastère. Fabio resta à la maison, et, jusqu'au retour de sa femme, ne fit qu'errer dans le jardin, tâchant de comprendre ce qui se passait en elle, éprouvant sans relâche la peur, la colère et l'angoisse des soupçons incertains. Il entra plusieurs fois au pavillon ; mais Muzio ne revenait pas, et le Malais se tenait devant Fabio comme une statue, la tête

humblement inclinée, avec un méchant sourire
caché loin, bien loin, — ainsi le jugeait Fabio,
— sous son masque de bronze.

Pendant ce temps, Valeria avait tout confié à
son confesseur, avec moins de honte que de terreur. Le père Lorenzo l'écouta attentivement, la
bénit et lui donna l'absolution, tout en pensant
à part lui : « C'est de la sorcellerie, ce sont des
pratiques diaboliques; il faut y pourvoir. » Sous
prétexte de la tranquilliser complètement et de la
consoler, il partit avec elle pour sa villa.

A la vue du confesseur, Fabio eut un mouvement d'anxiété; mais le vieux moine expérimenté
avait combiné dans sa tête la façon dont il fallait
s'y prendre. Resté seul avec Fabio, il ne lui
livra naturellement pas le secret de la confession
mais il lui conseilla pourtant d'éloigner, s'il était
possible, cet hôte qu'il avait invité, et qui, par
ses récits, par ses chansons et toute sa manière
d'être, troublait l'imagination de Valeria, d'autant plus que Muzio, d'après les souvenirs du
vieillard, n'avait jamais été bien ferme en matière de religion, et qu'étant resté si longtemps
dans les contrées que la lumière du christianisme
n'éclaire pas, il avait pu en rapporter la peste
des fausses doctrines; il avait pu même conta-
miner son âme par les secrets de la magie...

Pour ces motifs, malgré les droits que pouvait réclamer une ancienne amitié, la raison et la prudence démontraient la nécessité d'une séparation.

Fabio partagea de tous points l'avis du vénérable moine; le visage de Valeria se rasséréna quand son mari vint lui communiquer le conseil du confesseur, et, accompagné des vœux et des remerciements des deux époux, comblé de riches cadeaux pour son église et pour les pauvres, le père Lorenzo regagna son monastère.

Fabio s'était proposé d'avoir une explication avec Muzio immédiatement après le souper; mais son étrange hôte ne revint pas. Alors Fabio se décida à remettre cette conversation au lendemain. Les époux se retirèrent dans leur appartement.

IX

Valeria s'endormit bientôt, mais Fabio n'en put faire autant. Tout ce qu'il avait senti, tout ce qu'il avait vu, se présentait à lui plus vivement dans le silence de la nuit. Plus obstinément encore il se posait des questions auxquelles, comme auparavant, il ne pouvait trouver de réponse.

Muzio serait-il vraiment devenu un magicien? Aurait-il empoisonné Valeria? Elle est malade, mais de quelle maladie? Pendant que la tête sur sa main et retenant son haleine brûlante, il s'abandonnait à ses réflexions et à ses angoisses, la lune était montée dans un ciel sans nuages. En même temps que ses rayons, à travers les vitres des fenêtres, du côté du pavillon commença à pénétrer... ou bien était-ce une imagination de Fabio?... commença à pénétrer un souffle, une légère ondulation parfumée... Et voilà qu'on entend un chuchotement passionné, persistant..., puis, au même instant, Fabio s'aperçut que Valeria commençait à se mouvoir faiblement. Il se dresse sur son séant, il regarde : elle se soulève laisse glisser un pied, puis l'autre, à bas du lit, et, comme une somnambule, fixant droit devant elle des yeux ternes et sans regard, les deux mains étendues en avant, elle se dirige vers la porte du jardin !

Fabio se précipita par l'autre porte de la chambre et, ayant tourné en courant l'angle de la maison, ferma en dehors la porte qui menait au jardin. Il avait eu à peine le temps de se jeter

sur la serrure, qu'il sentit qu'on tâchait de
l'ouvrir de l'intérieur, qu'on la poussait avec
force, encore, encore. Puis, des gémissements
brisés...

Mais pourtant Muzio n'est pas revenu de la
ville? Cette idée traversa comme un éclair la
tête de Fabio, et il s'élança vers le pavillon.

Que voit-il?

A sa rencontre, le long du chemin tout inondé de la lumière éclatante de la lune, s'avance,
comme un autre somnambule, les deux mains
aussi étendues en avant, les yeux aussi ouverts
et sans regard, s'avance Muzio. Fabio court à
lui, mais l'autre, sans le remarquer, marche
d'un pas égal et le visage immobile, sous les
rayons de la lune, rit d'un rire méchant, comme
celui du Malais. Fabio va l'appeler par son
nom, mais dans ce moment, il entend un bruit
de fenêtre ouverte dans la maison. Il se retourne.

Effectivement, la porte-fenêtre de la chambre
à coucher est toute grande ouverte et, franchis-
sant d'un pied le seuil, Valeria se tient debout;
ses bras tâtonnant dans l'air semblent chercher
Muzio. Elle va s'élancer vers lui.

Une fureur indicible inonda la poitrine de
Fabio comme d'un flot subit.

« Maudit sorcier ! » s'écria-t-il avec rage.

Et, saisissant d'une main Muzio par la gorge, il empoigna de l'autre le poignard que Muzio portait à la ceinture et le lui enfonça dans le flanc jusqu'à la garde.

Muzio poussa un cri déchirant, et pressant sa blessure avec la paume de la main, retourna en chancelant jusqu'au pavillon. Mais dans l'instant même où Fabio l'avait frappé, Valeria poussa un cri tout aussi déchirant et tomba par terre comme foudroyée.

Fabio s'élança vers elle, la porta sur son lit, lui parla.

Elle resta longtemps immobile ; mais enfin elle ouvrit les yeux et poussa un soupir profond et frémissant, comme quelqu'un qui vient d'être sauvé d'une mort imminente ; puis, apercevant son mari, elle lui jeta les deux bras autour du cou.

« Toi, toi, c'est toi, » murmurait-elle.

Peu à peu ses mains se détachèrent, sa tête se renversa en arrière et, ayant prononcé avec un sourire heureux : « Grâce à Dieu tout est fini, mais que je suis fatiguée ! » elle s'endormit aussitôt d'un sommeil profond et paisible.

X

Fabio se laissa tomber dans un fauteuil près
de sa femme et, sans quitter des yeux son visage
pâli et amaigri, mais déjà tranquillisé, il se mit à
réfléchir sur ce qui venait de se passer et sur ce
qu'il fallait faire. Qu'entreprendre? S'il a tué
Muzio..., et se rappelant combien profondément
était entrée la lame du poignard, il ne pouvait
en douter..., s'il a tué Muzio, ce meurtre ne
pouvait pas rester caché, il fallait le porter à la
connaissance du duc et des juges. Mais comment
raconter, comment expliquer une chose aussi
incompréhensible? Lui, Fabio, a tué dans sa
propre maison son parent, son meilleur ami! On
demandera pourquoi, pour quelle cause? Que
dire? Mais si Muzio n'est pas tué?... Fabio ne
pouvait rester dans cette incertitude; s'étant assuré que Valeria dormait, il se leva avec précaution de son fauteuil, et sortit de la chambre
pour se diriger vers le pavillon. Tout y semblait
tranquille. Une seule fenêtre était éclairée. Le
cœur tout tremblant, Fabio ouvrit la porte exté-

rieure, — on y voyait des traces de doigts en-
sanglantés et, sur le sable du chemin, se voyaient
aussi des gouttes de sang, — traversa la première pièce obscure, et s'arrêta sur le seuil,
frappé de stupeur.

Au milieu de la chambre, sur un tapis de
Perse, un coussin de velours sous la tête, recou-
vert d'un large châle rouge à dessins noirs,
gisait Muzio, les membres raidis et étendus, le
visage jaune comme de la cire, les yeux fermés,
les paupières bleuies. Il ne respirait pas, il semblait mort. A ses pieds, enveloppé aussi dans un
châle rouge, était agenouillé le Malais. Il tenait
dans sa main gauche une plante inconnue, semblable à la fougère, et, penché en avant, regardait avec fixité son maître. Une petite torche,
fichée dans le plancher, brûlait d'un feu verdâtre
et seule éclairait la chambre. La flamme ne va-
cillait ni ne fumait. Le Malais ne bougea pas à
l'entrée de Fabio. Il lui jeta seulement un rapide
regard, qu'il dirigea de nouveau sur Muzio. De
temps en temps il soulevait, puis abaissait le
rameau, l'agitait en l'air; ses lèvres muettes
s'entr'ouvraient et se remuaient lentement comme
si elles eussent prononcé des paroles silencieuses.

A terre, entre le Malais et Muzio, se trouvait
le poignard avec lequel il avait frappé son ami.

Le Malais toucha une fois la lame ensanglantée avec son rameau. Une minute se passa, puis une autre, une autre encore ; Fabio s'approcha du Malais et se penchant vers lui, demanda à voix basse : « Mort ? »

Le Malais inclina la tête, et, ayant retiré de dessous le châle sa main droite, montra la porte d'un geste impérieux. Fabio allait répéter sa question, mais la main impérieuse renouvela son geste, et Fabio s'éloigna, étonné, indigné, mais obéissant.

Il trouva Valeria endormie comme auparavant, le visage encore plus calme. Il ne se déshabilla point, et, assis devant la fenêtre, il s'absorba dans ses pensées. Le soleil levé le trouva à la même place. Valeria dormait toujours.

XI

Fabio voulait attendre le réveil de Valeria pour aller à Ferrare, quand tout à coup quelqu'un frappa légèrement à la porte.

Fabio s'empressa d'ouvrir et aperçut devant lui son vieux majordome Antonio.

« Seigneur, dit le vieillard, le Malais vient de nous déclarer que le seigneur Muzio est tombé malade et désire retourner avec tous ses effets à la ville. Aussi vous prie-t-il de lui prêter des hommes pour l'aider à emballer ses bagages, et vers l'heure du dîner, de lui envoyer des chevaux de trait et de selle, ainsi que des gens d'escorte pour le reconduire. Vous permettez ?

— C'est le Malais qui a déclaré tout cela ? demanda Fabio. Mais comment s'y est-il pris ? il est muet.

— Voici, seigneur, un papier sur lequel il a écrit cela dans notre langue et fort correctement.

— Et Muzio, dis-tu, est malade ?

— Oui, très malade, et on ne peut le voir.

— On n'a pas envoyé chercher un médecin ?

— Non, le Malais ne l'a pas permis.

— Et c'est bien le Malais qui t'a écrit cela ?

— Oui, c'est lui. »

Fabio se tut un instant.

« Eh bien, prends les mesures nécessaires. »

Antonio s'éloigna.

Fabio resta stupéfait. Donc, il n'est pas mort, pensa-t-il, — et il ne savait pas s'il devait s'en réjouir ou le regretter.

Malade ! mais il y a de cela quelques heures, c'est bien un cadavre qu'il avait vu.

Fabio retourna près de Valeria. Elle se réveilla et, soulevant la tête, elle échangea avec son mari un long regard.

« Il n'est plus? » dit tout à coup Valeria.

Fabio tressauta :

« Comment, il n'est plus... Est-ce que...

— Il est parti? » continua-t-elle.

Fabio sentit son cœur allégé :

« Non, pas encore, dit-il, mais il part aujourd'hui même.

— Et jamais, jamais je ne le reverrai?

— Jamais.

— Et ces rêves ne se répéteront plus?

— Non. »

Valeria eut de nouveau un soupir de satisfaction, et de nouveau un sourire de bonheur apparut sur ses lèvres. Elle tendit les mains à son mari.

« Et nous ne parlerons jamais de lui, entends-tu, mon bien-aimé. Je ne sortirai pas de ma chambre jusqu'à ce qu'il soit parti. Et maintenant envoie-moi mes cameristes, et... Attends, prends cet objet... »

Elle montra le collier de perles qui se trouvait sur une petite table à côté d'elle (ce collier que Muzio lui avait donné).

« Et jette-le sur-le-champ dans notre puits le

plus profond. Embrasse-moi, je suis ta Valeria,... et ne viens pas me voir jusqu'à ce que... l'autre soit parti.

Fabio prit le collier, dont les perles lui semblèrent ternies, et accomplit l'ordre de sa femme. Puis il se mit à errer dans le jardin, en regardant de loin le pavillon devant lequel avait déjà commencé le désordre de l'emballage. Des hommes portaient des coffres, on chargeait des chevaux. Le Malais ne se voyait point parmi ces gens affairés. Un sentiment irrésistible poussait Fabio à regarder encore une fois ce qui se passait dans le pavillon. Il se rappela que, par derrière, se trouvait une porte secrète qui donnait accès dans la chambre où le matin il avait vu Muzio. Il se glissa jusqu'à cette porte, la trouva non fermée, et écartant la lourde tapisserie qui la recouvrait à l'intérieur, il jeta un regard hésitant.

XII

Muzio n'était déjà plus étendu sur le tapis. Vêtu d'un habit de voyage, il était assis dans un fauteuil; mais il semblait un cadavre, comme lors de la première visite de Fabio. Sa tête livide gisait, renversée, sur le dossier du fauteuil; les mains, jaunies et posées à plat sur les genoux, demeuraient immobiles. La poitrine ne se soulevait pas. Autour du fauteuil, sur le plancher tout jonché d'herbes sèches, étaient placées plusieurs coupes plates, remplies d'une liqueur sombre d'où émanait une odeur forte, presque suffocante, une odeur de musc. Enroulé autour de chaque coupe se voyait un petit serpent couleur de cuivre, dont les yeux d'or luisaient par moments, et, droit devant Muzio, à deux pas de lui, se dressait la longue figure du Malais. Revêtu d'une robe en damas bigarré, retenue à la ceinture par une queue de tigre, il avait sur la tête une coiffure en forme de tiare à cornes. Il ne restait pas un moment immobile. Tantôt il s'inclinait révérencieusement et semblait murmurer comme des prières, puis ils se redressait de toute sa hauteur, se soulevait même sur la pointe des pieds; tantôt il faisait de grands mouvements cadencés avec ses deux bras, ou bien les lançait obstinément dans la direction de Muzio; il semblait menacer ou commander, fronçait les sourcils et frappait du pied. Tous ces gestes, tous ces mouvements lui coûtaient

une peine visible, le faisaient souffrir même. Il
respirait avec force, une sueur abondante lui
coulait du visage. Tout à coup, devenu immobile, et remplissant ses poumons d'air, il serra
les poings comme s'il eût tenu des rênes, et, se
mordant les lèvres, le visage crispé, il les ramena avec un violent effort contre sa poitrine.
Alors, à l'indicible terreur de Fabio, la tête de
Muzio se détacha du dossier du fauteuil et se
tendit en avant comme si elle eût suivi par petites saccades les mains du Malais. Le Malais
les détendit, et la tête de Muzio se renversa
lourdement en arrière. Le Malais répéta ses
premiers gestes, et la tête obéissante répéta ses
mouvements après lui. La liqueur sombre se
mit à bouillonner dans les coupes, les coupes
elles-mêmes commencèrent à rendre un fin tintement, et les petits serpents cuivrés ondulèrent
autour de chaque coupe. Alors le Malais fit un
pas en avant, et relevant les sourcils démesuré-
ment, ouvrant des yeux énormes, il fit avec la
tête un brusque mouvement de commande-
ment vers Muzio,... et les paupières du mort
frémirent, se décollèrent inégalement, et, par-
dessous, se montrèrent des prunelles ternes
comme du plomb. Le visage du Malais s'éclaira
de la fierté du triomphe, et d'une joie, d'une

joie presque haineuse. Il ouvrit largement la
bouche, et du fond de son gosier s'arracha,
avec effort, un long hurlement.

Les lèvres de Muzio s'ouvrirent aussi, laissant
échapper un faible gémissement comme en réponse à cet autre son qui n'avait rien d'humain.

Mais ici Fabio ne put y tenir plus longtemps,
il croyait assister à quelque incantation diabolique; il poussa lui-même un grand cri et s'en-
fuit hors de la maison sans tourner la tête et en
faisant force signes de croix.

XIII

Trois heures plus tard, Antonio vint annoncer que tout était prêt, les coffres fermés, et
que le seigneur Muzio se préparait à partir.

Sans rien répondre à son serviteur, Fabio se
rendit sur la terrasse, d'où l'on voyait le pavillon. Quelques chevaux chargés se tenaient
prêts au départ, et l'on avait amené jusque devant les marches du perron un puissant étalon,
dont la selle était assez large pour deux per-

sonnes. Des domestiques, tête nue, des gens d'escorte armés attendaient aussi; la porte du pavillon s'ouvrit et, soutenu par le Malais qui avait repris ses vêtements ordinaires, apparut Muzio. Son visage était d'une pâleur de mort et ses bras pendaient aussi comme ceux d'un mort. Mais il avançait, oui, il avançait ses pieds l'un après l'autre, et, hissé sur le cheval, il s'y tint droit et trouva à tâtons les rênes.

Le Malais lui glissa les pieds dans les étriers, sauta derrière sur la selle, lui entoura la taille des deux bras, et toute la troupe se mit en marche. Les chevaux allaient au pas. Quand ils tournèrent pour passer devant la maison, il sembla à Fabio que, sur le visage inanimé de Muzio, parurent deux points blancs qui glissèrent lentement de gauche à droite. Serait-il possible que Muzio eût dirigé vers lui ses prunelles ? Le Malais seul lui fit un salut avec son air ironique habituel.

Valeria avait-elle vu cette scène de départ ? Les jalousies de ses fenêtres étaient soigneusement fermées, mais peut-être se tenait-elle derrière ?

XIV

Elle parut au dîner, caressante et tranquille, quoique se plaignant encore de fatigue; mais il n'y avait plus d'inquiétude en elle, ni cette stupéfaction constante, cet effroi secret; et quand, le lendemain du départ de Muzio, Fabio reprit le travail de son portrait, il retrouva dans les traits de sa femme cette expression d'angélique pureté dont l'éclipse momentanée l'avait troublé si fort, et son pinceau put courir sur la toile avec justesse et légèreté.

Les deux époux se remirent à vivre de leur vie antérieure. Muzio avait disparu pour eux comme s'il n'eût jamais existé. On aurait dit que Fabio et Valeria s'étaient concertés pour ne jamais prononcer son nom, pour ne jamais s'informer de sa destinée, qui, du reste, demeura pour tout le monde un mystère. Il vint un jour à l'esprit de Fabio que c'était son devoir de raconter à Valeria ce qui s'était passé dans cette nuit terrible; mais Valeria sembla deviner son intention, car elle retint son haleine et ferma les

yeux comme quelqu'un qui s'attend à recevoir
un coup; mais Fabio aussi la comprit et le coup
ne fut pas porté.

Par une belle journée d'automne, Fabio ter-
minait son tableau de sainte Cécile. Valeria était
assise devant un orgue et ses doigts erraient sur
le clavier, quand tout à coup, sans que sa volonté
y fût pour quelque chose, sous ses mains retentit ce chant de l'amour triomphant qu'avait joué
Muzio, et au même moment, pour la première
fois, depuis son mariage, Valeria sentit dans son
sein la palpitation d'une nouvelle vie qui se
préparait à naître. Valeria frissonna, s'arrêta...

Qu'est-ce que cela signifiait ?

Serait-ce que...?

Sur ce mot s'arrêtait le manuscrit.

APRÈS LA MORT

CLARA MILITCH

I

Au printemps de l'année 1878, à Moscou, dans une petite maison en bois, sur la Chabolofka, vivait un jeune homme de vingt-cinq ans, du nom d'Aratof.

Avec lui habitait sa tante, une vieille fille de plus de cinquante ans, sœur de son père, Platonida Ivanowna. Elle prenait soin de son ménage et réglait les dépenses, choses dont il était absolument incapable.

Il n'avait point d'autres parents. Plusieurs années auparavant, son père, petit gentilhomme peu aisé du gouvernement de T..., était venu s'établir à Moscou avec lui et Platonida, que, du reste, il appelait toujours Platocha, nom que son neveu lui donnait aussi. Ayant abandonné la campagne qu'ils avaient tous constamment habitée jusqu'alors, le vieil Aratof s'était établi dans la capitale avec l'intention de faire entrer son fils à l'Université. C'est lui-même qui lui avait fait faire les études préparatoires.

Il acheta pour peu d'argent une maison dans une des rues écartées de Moscou, et s'y installa avec ses livres et ses « préparations », et il en possédait beaucoup, de ces livres et de ces « préparations »; car c'était un homme qui ne manquait pas de science, un « original fini », d'après le dire de ses voisins. Il passait près d'eux pour sorcier, et même ils lui avaient donné le surnom « d'observateur d'insectes ». Il s'occupait de chimie, de minéralogie, d'entomologie, de botanique et de médecine; traitait les clients volontaires avec des herbes, avec des poudres métalliques de son invention, d'après la méthode de Paracelse. Ces poudres métalliques furent un peu cause de la mort de sa jeune, jolie, mais bien fragile petite femme, qu'il aimait passionnément, et dont il avait eu un fils unique. Ces poudres avaient même déjà en quelque sorte ébranlé la santé de ce fils, qu'il voulait au contraire fortifier, trouvant dans son organisme de l'anémie et un penchant à la phtisie, héritage de sa mère. Sa réputation de sorcier lui venait entre autres de ce qu'il croyait être un arrière-petit-neveu, indirectement, il est vrai, du célèbre Bruce, en l'honneur duquel il avait donné à son fils le prénom de Jacques.

C'était un de ces hommes dont on dit qu'ils sont la bonté même, mais d'un caractère mélancolique, méticuleux, avec un penchant vers toute chose mystérieuse et étrange. L'exclamation « ah ! », exhalée à demi-voix, lui était habituelle. Il mourut même avec cette exclamation sur les lèvres, deux ans après être venu s'établir à Moscou.

Son fils, Jacques, ne ressemblait pas à son père, qui, gauche et mal bâti, n'était pas beau de sa personne. Il rappelait plutôt sa mère. Les mêmes traits fins et gracieux, les cheveux soyeux et d'un blond cendré, le petit nez légèrement aquilin, les lèvres pleines et enfantines, et de grands yeux d'un gris verdâtre, que de longs cils voilaient à demi. C'est par le caractère qu'il rappelait son père, et son visage, quoique dissemblable, portait comme un reflet de l'expression paternelle.

Il avait aussi les mains noueuses et la poitrine rentrée du vieil Aratof, que l'on nommait à tort vieux, car il n'avait pas cinquante ans au moment de sa mort. Encore du vivant de son père, Jacques était entré à l'Université, à la Faculté des sciences naturelles. Cependant, il ne termina pas ses cours, non par paresse, mais parce que, d'après sa conviction, l'Université n'apprenait pas plus qu'on n'en pouvait apprendre à la maison. Quant au diplôme, il ne s'en souciait guère, car il n'avait pas l'intention d'entrer au service de l'État. Il évitait ses camarades, n'avait presque pas de connaissances, fuyait surtout la société des femmes et vivait solitaire, enfoui dans ses livres. Il fuyait les femmes, tout en ayant le cœur très tendre et très accessible à l'influence de la beauté. Il s'était même procuré un superbe keepsake anglais, dans lequel il contemplait avec une admiration sincère (ô honte!) les yeux énormes, les bouches en cœur et les cous penchés des ravissantes Medoras et Gulnares qui l'illustraient. Mais sa timidité et sa pudeur natives continuaient à le retenir loin des femmes. La chambre qu'il occupait dans la maison, et où il couchait, avait été le cabinet de son père, et son lit était celui même où son père était mort.

L'aide principal, le camarade et l'ami immuable de son existence était cette tante, cette Platocha, avec laquelle il échangeait à peine dix paroles par jour, et sans laquelle il n'aurait pu faire un pas. C'était un être au long visage, aux longues dents, avec des yeux pâles dans une pâle figure, avec une expression constante de tristesse mêlée d'anxiété soucieuse. Toujours vêtue d'une robe grise et d'un châle gris qui sentait le camphre, elle errait dans la maison comme une ombre, à pas silencieux, soupirait, murmurait des prières, une surtout qui ne consistait qu'en trois mots : « A l'aide, Seigneur ! » Avec cela, excellente ménagère, regardant à chaque copeck et faisant elle-même tous les achats. Elle adorait son neveu, se préoccupait constamment de sa santé, avait peur de tout, non pour elle-même, mais pour lui; et, chaque fois qu'elle croyait voir quelque chose d'un peu suspect, elle lui plaçait en tapinois une tasse de thé pectoral sur sa table à écrire, ou bien lui passait le long du dos ses petites mains molles comme de la ouate. Ces soins ne fatiguaient pas Jacques, mais il ne buvait pas le thé, et se contentait de balancer la tête d'un air approbateur.

Du reste, lui non plus ne pouvait se vanter de sa bonne santé, il était très impressionnable, très nerveux, il souffrait de battements de cœur et quelquefois d'étouffements.

Comme son père, il croyait qu'il existait dans

la nature et dans l'âme humaine des mystères
qu'on peut quelquefois pressentir, mais qu'il
est impossible de comprendre ; il croyait à la
présence de certaines forces, de certaines influences rarement favorables, plus souvent en-
nemies, et il croyait aussi à la science, à son
importance et à sa dignité. Dans les derniers
temps, il s'était pris de passion pour la photographie. L'odeur des matières qu'on y emploie
inquiétait beaucoup la vieille tante, non pas pour
elle, bien entendu, mais pour son Yacha. Mais,
avec toute la douceur de son caractère, il était
passablement obstiné, et il persistait à s'adonner
à son occupation favorite. Platocha se soumit :
seulement, elle soupirait et murmurait plus
qu'auparavant son : « A l'aide, Seigneur! », en
voyant les doigts de son neveu barbouillés
d'iode.

Jacques, comme on l'a déjà dit, évitait ses
camarades. Pourtant, il s'était lié assez intimement avec l'un d'eux, et il continua à le voir
souvent, même après que celui-ci, ayant quitté
l'Université, eut pris un service assez doux, il
est vrai : il s'était, selon son expression, faufilé
dans la commission nommée par l'État pour la
construction de l'église du Saint-Sauveur, quoiqu'il n'entendît rien à l'architecture. Et, chose

étrange, cet unique ami d'Aratof, du nom de Kupfer, un Allemand tellement russifié qu'il ne savait plus un mot de sa langue maternelle, et traitait d'Allemand celui qu'il voulait injurier, cet ami d'Aratof n'avait, à première vue, rien de commun avec lui.

C'était un garçon aux cheveux noirs et bouclés, aux joues rouges, gai, bavard, et grand amateur de cette même société féminine qu'Aratof évitait avec tant de soin. Il est vrai que Kupfer déjeunait et dînait chez son ami assez fréquemment, et même, n'étant pas riche, lui empruntait quelquefois de petites sommes d'argent. Mais ce n'est pas cela qui poussait si souvent le jeune homme à fréquenter la modeste maison de la Chabolofka. La pureté d'âme, l'idéalisme de Jacques lui plaisaient; était-ce par le contraste que ces qualités formaient avec ce qu'il rencontrait et voyait tous les jours, ou bien ce penchant vers le jeune idéaliste décelait-il le sang d'un compatriote de Schiller?

D'autre part, la bonne humeur et la franchise de Kupfer plaisaient à Jacques; en outre, ses récits sur les théâtres, les concerts, les bals dont il ne manquait pas un, sur tout ce monde inconnu où Jacques n'osait pénétrer, occupaient secrètement et agitaient le jeune solitaire, sans exciter pourtant en lui le désir de connaître tout cela par sa propre expérience. Platocha aussi ne voyait pas Kupfer de très mauvais œil; elle le trouvait bien un peu trop sans façons; mais, sentant par instinct qu'il était sincèrement attaché à son cher Yacha, non seulement elle supportait la présence de cet hôte bruyant, mais elle lui témoignait de la bienveillance.

II

A cette époque, se trouvait à Moscou une princesse géorgienne, personnalité douteuse, presque suspecte. Elle frisait déjà la quarantaine. Dans sa jeunesse, elle avait probablement fleuri de cette beauté particulière aux Orientales, qui se flétrit si vite. Maintenant, elle se mettait du blanc, du rouge, et se teignait les cheveux en jaune. Des bruits divers, qui n'étaient ni très avantageux, ni très clairs, couraient sur son compte; personne n'avait connu son mari, et elle n'avait jamais habité longtemps la même ville.

On ne lui connaissait ni famille ni fortune, et

pourtant elle vivait assez ouvertement à crédit ou d'autre façon ; elle tenait, comme on dit, un salon, et recevait une société quelque peu mêlée : des jeunes gens, pour la plupart. Tout dans sa maison, à commencer par sa toilette, ses meubles, sa table, et en finissant par ses équipages et ses domestiques, tout portait le cachet de quelque chose de passager, de médiocre, de « camelotte » en un mot. Mais ni la princesse ni ses visiteurs ne semblaient exiger mieux. La princesse avait la réputation d'être amateur de musique, de littérature et protectrice des arts et des artistes; et, en effet, elle s'intéressait à toutes les choses jusqu'à l'exaltation, exaltation qui n'était pas tout à fait factice. Évidemment, il y avait en elle une petite veine esthétique. De plus, elle était très accessible, très aimable, bon enfant même, et, ce que beaucoup ne soupçonnaient pas, elle avait le cœur tendre et très compatissant, qualités rares et d'autant plus précieuses dans des personnes de ce genre ! « C'est une écervelée, avait dit d'elle un plaisant ; mais elle ne peut rater son paradis, car elle pardonne tout et tout lui sera pardonné ! » On disait aussi d'elle que, lorsqu'elle disparaissait de quelque ville, elle y laissait autant de gens à qui elle avait fait du bien que de créanciers.

Kupfer, comme il fallait s'y attendre, fut introduit dans la maison. Il devint bientôt intime, trop intime, disaient les mauvaises langues. Quant à lui, il parlait toujours de la princesse, non seulement avec affection, mais avec respect. Il la traitait de femme d'or. Quoi qu'on en dît, il croyait fermement et à son amour de l'art et à son intelligence de l'art.

Voici qu'un jour, étant à dîner chez les Aratof, après avoir longuement causé de la princesse et de ses soirées, Kupfer se mit à tâcher de persuader Jacques de quitter, ne fût-ce que pour une fois, sa vie d'anachorète et de lui permettre de le présenter à sa chère amie. Jacques commença par ne rien vouloir entendre. « Mais que t'imagines-tu? s'écria enfin Kupfer; de quelle sorte de présentation s'agit-il? Je te prendrai tout bonnement comme te voilà, en redingote, et je te mènerai à l'une de ses soirées. Point d'étiquette chez elle, frère! Tu es un savant, toi, tu aimes la littérature et la musique. (Dans le cabinet d'Aratof se trouvait en effet un pianino, sur lequel il prenait quelquefois des accords diminués.) Eh bien! dans sa maison, il y a de tout cela, en veux-tu, en voilà; tu y rencontreras aussi des gens sympathiques, sans prétention! Et puis, enfin, il est impossible à ton âge et avec ton extérieur... (Aratof baissa les yeux et fit un mouvement de la main), oui, oui, avec ton extérieur, de fuir ainsi le monde, la société. Ce n'est pas chez des généraux que je te mène, d'autant plus que je ne connais pas moi-même de généraux. Ne fais pas l'obstiné, mon petit pigeon. La morale est une bonne et respectable chose, mais il ne faut pas la pousser jusqu'à l'ascétisme... Tu ne te prépares pas à devenir moine, n'est-ce pas ? »

Aratof pourtant continuait à faire l'obstiné; mais à l'aide de Kupfer vint inopinément Platonida. Quoiqu'elle ne comprît pas bien ce que voulait dire ce mot « ascétisme », elle trouva aussi que son petit Jacques ferait bien de se distraire, et, comme on dit, de voir et se faire voir.

« D'autant plus, ajouta-t-elle, que j'ai la plus grande confiance en Féodor Féodorovich et il ne te mènera pas dans un endroit qui ne soit...

— Je vous le ramènerai dans toute son impeccabilité, s'écria Kupfer, sur lequel Platonida, malgré toute sa confiance, jetait des regards inquiets. »

Aratof rougit jusqu'aux oreilles, mais cessa de protester.

La conclusion fut que, dès le jour suivant,

Kupfer le mena à une soirée chez la princesse.
Mais Aratof n'y resta pas longtemps. En premier lieu, il y trouva une vingtaine de visiteurs,
hommes et femmes, sympathiques peut-être,
mais qui, dans tous les cas, lui étaient étrangers;
et cela le gênait, quoiqu'il n'eût pas l'occasion
de beaucoup causer, ce qu'il redoutait par-dessus
tout. En second lieu, la maîtresse de la maison
ne lui plut pas, quoiqu'elle l'eût reçu d'une façon
simple et affable. Tout en elle lui déplaisait : ce
visage maquillé, ces cheveux jaunes ébouriffés et
cette voix enrouée et douceâtre, ce rire chevrotant,
vrotant, cette façon de rouler ses yeux vers le
ciel, cet excès de décolletage et surtout ces mains
grasses et luisantes chargées de bagues. S'étant
fourré dans un coin, Aratof tantôt parcourait
rapidement les visages des visiteurs, ne pouvant
trop les distinguer les uns des autres, tantôt regardait obstinément ses propres pieds. Quand
enfin un artiste étranger, au visage fatigué, aux
longs cheveux gras, avec un carreau de verre
enchâssé sous un sourcil froncé, se plaça au
piano, et, ayant frappé des deux mains sur le
clavier et du pied sur la pédale, se mit à pour-
fendre une fantaisie de Liszt sur des thèmes de
Wagner, Aratof n'y tint plus et disparut, emportant dans son âme une impression lourde et

confuse, à travers laquelle perçait pourtant
quelque chose dont il ne se rendait pas compte,
quelque chose de significatif et même de menaçant.

III

Kupfer revint dîner le jour suivant. Il ne parla
pas à Aratof de la soirée de la veille et ne lui re-
procha point sa honteuse fuite. Il se contenta de
regretter qu'il ne fût pas resté jusqu'à l'heure du
souper, où l'on avait servi du champagne (fa-
briqué à Nijni-Novgorod, nous empressons-
nous d'ajouter). Kupfer avait probablement
compris qu'il s'était trompé en essayant de ré-
veiller Aratof, et que décidément ce genre de
société ne lui allait pas. De son côté, Aratof,
bien entendu, ne dit mot ni de la princesse ni
de sa soirée.

Platonida elle-même ne savait si elle devait se
réjouir de l'insuccès de cette première tentative,
ou s'en affliger. Elle décida enfin que la santé de
son Yacha pouvait souffrir de pareilles sorties
tardives et se tranquillisa. Kupfer partit aussitôt

après le dîner et ne montra plus le bout du nez pendant toute une semaine; non qu'il en voulût à Aratof : le brave garçon en était incapable; mais évidemment il avait trouvé une occupation qui prenait tout son temps et toutes ses pensées; car même par la suite il ne faisait plus que de rares apparitions chez les Aratof, parlait peu et avait l'air distrait. Aratof continuait à vivre comme par le passé; mais je ne sais quelle sorte de crochet lui était resté dans l'âme. Il tâchait toujours de se rappeler quelque chose sans savoir précisément quoi, mais ce quelque chose se rapportait à la soirée chez la princesse. Quant à y retourner, il n'y songeait guère : cet échantillon de la société qu'il avait vu lui inspirait une répulsion de plus en plus décidée. Quelques semaines se passèrent ainsi.

Et voilà qu'un beau jour reparut Kupfer, l'air assez confus.

« Je sais, commença-t-il avec un rire un peu forcé, que ta visite d'alors n'a pas été de ton goût; mais j'espère que cette fois-ci tu consentiras à ma proposition, tu ne refuseras pas ma prière.

— De quoi s'agit-il? demanda Aratof.

— Vois-tu, continua Kupfer s'animant de plus en plus, il y a ici une société d'amateurs, d'artistes, qui organise de temps en temps des concerts, des lectures et même des représentations théâtrales dans un but de bienfaisance...

— La princesse y prend part? interrompit Aratof.

— La princesse prend toujours part à toutes les bonnes œuvres. Mais il n'importe. Nous sommes en train de donner une matinée musico-littéraire, et à cette matinée tu pourras entendre une jeune fille... une jeune fille extraordinaire. Nous ne savons pas encore pour sûr... Est-ce une Rachel? Est-ce une Viardot? Elle chante admirablement, et elle déclame, elle joue... Un talent de premier ordre, frère, sans exagération. Allons, voyons, prendras-tu un billet? C'est cinq roubles, si c'est au premier rang.

— Et d'où a poussé cette jeune fille étonnante? demanda Aratof. »

Kupfer sourit à pleines dents.

« Cela, mon cher, je ne puis te le dire. Ces derniers temps, elle a demeuré chez la princesse. La princesse, tu le sais, protège toutes ces personnes-là. Tu as dû la voir à cette soirée... »

Aratof eut comme une sorte de léger soubresaut intérieur, mais ne dit mot.

« Elle a même joué quelque part en pro-

vince, continua Kupfer, et en général elle est
faite pour le théâtre. Tu verras, tu verras toi-
même !

— Comment est son nom ? demanda Aratof.

— Clara...

— Clara ! interrompit Aratof de nouveau,
c'est impossible !

— Pourquoi donc est-ce impossible ? Clara...
Clara Militch. Ce n'est pas son vrai nom, mais
c'est ainsi qu'on l'appelle. Elle chantera une romance de Glinka et puis une de Tchaïkofski ; et
puis elle déclamera la lettre de Tatiana dans
Eugène Onéguine. Tu verras... Eh bien, prends-
tu un billet ?

— Et quand cela aura-t-il lieu ?

— Demain, demain à une heure et demie,
dans un salon particulier, dans l'Ostojenka. Je
viendrai te prendre. Un billet de cinq roubles ?
le voilà ; non, celui-là est de trois roubles. Tiens.
Voilà aussi le programme. Je suis un des com-
missaires. »

Aratof devint rêveur. Platonida entra dans
la chambre — et ayant jeté un regard sur Aratof, fut prise d'une subite inquiétude.

« Yacha, qu'as-tu ? s'écria-t-elle ; pourquoi
as-tu l'air si troublé ? Feodor Féodorovich, que
lui avez-vous donc dit ? »

Aratof ne donna pas à Kupfer le temps de répondre, et, arrachant brusquement le billet qu'il lui tendait, donna l'ordre à Platonida de payer immédiatement ces cinq roubles. Celle-ci s'étonna, battit des paupières, mais remit l'argent à Kupfer — en silence. Yacha lui avait parlé avec trop de sévérité. « Je te le répète, c'est une merveille, une vraie merveille », s'écria Kupfer, en s'élançant vers la porte. A demain.

« Attends un peu... Elle a les yeux noirs ? demanda Aratof.

— Comme un charbon, » répliqua gaiement Kupfer. Et il disparut.

Aratof rentra dans sa chambre, et Platonida resta immobile à la même place, en murmurant à voix basse : « A l'aide, Seigneur ! Seigneur, à l'aide ! »

IV

Une grande salle dans une maison particulière de l'Ostojenka était à moitié pleine de visiteurs quand Aratof et Kupfer y firent leur entrée.

11.

On donnait quelquefois des représentations théâtrales dans cette salle; mais cette fois on n'y
voyait ni décors ni rideau. Les ordonnateurs de
la matinée s'étaient contentés d'élever une estrade et d'y placer un piano, une paire de pupi-
tres, quelques chaises et une table avec un verre
d'eau. On avait suspendu un morceau de drap
rouge devant la porte de la pièce réservée aux
exécutants. La princesse, vêtue d'une robe d'un
vert éclatant, était déjà installée au premier rang
des sièges. Aratof prit place non loin d'elle,
après avoir échangé un rapide salut.

Le public était mélangé. C'était, pour la plupart, de jeunes étudiants de diverses écoles.
Kupfer, en sa qualité de commissaire, une ro-
sette blanche sur le revers de son habit, se dé-
menait de son mieux; la princesse, visiblement
agitée, se tournait, envoyait des sourires dans
toutes les directions, interpellait ses voisins : il
n'y avait autour d'elle que des hommes. Le premier sur l'estrade apparut un flûtiste, d'apparence étique; il crachota, je veux dire il siffiota,
un petit morceau tout aussi étique que lui-même.
Deux messieurs crièrent bravo! Puis vint un
gros monsieur à lunettes, d'une apparence grave
et même sévère, qui lut avec une sourde voix de
basse un récit humoristique de Stchedrine. Le

récit fut applaudi, pas le lecteur. Puis apparut le pianiste déjà connu d'Aratof.

Il tambourina sa même fantaisie de Liszt. Celui-là fut gratifié d'un rappel ; il saluait, la main appuyée sur le dossier de la chaise, et après chaque inclination, il rejetait les cheveux en arrière, tout à fait comme Liszt. Enfin, après un assez long intervalle, le drap rouge remua, puis fut brusquement écarté — et Clara Militch parut.

Les applaudissements éclatèrent. Elle s'avança sur l'estrade d'un pas indécis ; elle s'arrêta, ayant croisé devant elle ses mains, belles mais grandes et non gantées, et resta immobile, sans faire de révérence, sans incliner la tête et sans sourire.

C'était une jeune fille de dix-neuf ans, grande, bien faite, un peu large d'épaules, le teint basané, d'un type moitié juif, moitié bohémien. Des yeux petits, très noirs sous d'épais sourcils qui se rejoignaient presque au-dessus d'un nez très droit et un peu court du bout, des lèvres fines à la courbe élégante, une énorme tresse noire, lourde même à l'œil, un front bas et immobile, comme en pierre, et de toutes petites oreilles, l'expression du visage rêveuse, presque farouche... Une nature passionnée, volontaire, sans grande bonté, sans grand esprit, mais certainement douée, se montrait dans toute sa personne.

Pendant quelque temps elle se tint les yeux baissés; puis tout à coup elle se redressa, promenant sur les rangs des spectateurs son regard lent et triste, mais non attentif, et comme replié en lui-même. « Quels yeux tragiques elle a! » remarqua un vieux beau à yeux gris, avec un visage de cocotte allemande, collaborateur et correspondant de journaux, bien connu à Moscou, qui se tenait derrière Aratof.

Ce vieux beau était bête et ne disait que des bêtises, mais cette fois il avait raison. Aratof, qui, depuis l'apparition de Clara, ne l'avait pas quittée des yeux, se souvint seulement alors qu'effectivement il l'avait vue chez la princesse, et que non seulement il l'avait vue, mais qu'il avait remarqué que plusieurs fois son regard sombre s'était fixé sur lui avec insistance. Et même maintenant,... ou bien se trompait-il ?

L'ayant aperçu au premier rang, elle parut ressentir un mouvement de joie, rougit et le regarda de nouveau fixement; puis, sans se retourner, elle recula de deux pas vers le piano, où déjà était assis son accompagnateur, l'artiste étranger aux longs cheveux. Elle devait chanter

la romance de Glinka « Dès que je t'ai connu... »
Elle commença aussitôt, sans changer la pose de
ses mains et sans regarder la musique. Elle
avait une voix de contralto, sonore et veloutée;
elle prononçait les paroles avec une précision un
peu lourde, son chant était monotone, sans
nuances, mais pathétique. « Elle chante avec
conviction, cette fille ! » remarqua de nouveau le
vieux beau assis derrière Aratof, et de nouveau
il disait vrai.

Les cris : *Bis, bravo !* retentirent de tous côtés; mais elle jeta un regard rapide sur Aratof
qui ne criait ni n'applaudissait, — le chant de
cette fille aux yeux sombres ne lui avait pas autrement plu, — fit un léger salut, et s'éloigna
sans accepter le bras arrondi que lui présentait
le pianiste chevelu. On la rappela, mais elle se
fit attendre. Puis, revenant du même pas incer-
tain, elle dit deux mots à voix basse à l'accompagnateur, qui dut changer la musique qu'il
avait préparée, et elle se mit à chanter la romance de Tchaïkofski : « Celui-là seul qui con-
naît le désir de revoir... » Elle chanta cette romance tout autrement que la première, à
demi-voix, comme si elle eût été fatiguée, et ce
n'est qu'à l'avant-dernier vers : « Comprendra
ce que j'ai souffert... » que s'arracha de sa poi-

trine un cri brûlant et passionné. Le dernier
vers : « Et comme je souffre, » elle le murmura
à peine, appuyant douloureusement sur la dernière parole. Cette romance produisit moins
d'impression sur le public que celle de Glinka.
Cependant il y eut beaucoup d'applaudissements. Kupfer surtout se distingua : en frappant
les paumes creuses de ses deux mains, il produisait un bruit particulièrement sonore. La princesse lui remit un grand bouquet ébouriffé pour
qu'il l'offrît à la cantatrice. Mais elle n'eut l'air
de remarquer ni la figure inclinée de Kupfer, ni
le bouquet qu'il lui tendait au bout de son bras ;
elle se retourna brusquement et s'en alla de
nouveau sans attendre le pianiste qui avait
bondi de sa chaise pour la reconduire, et, décon-
certé, secoua sa chevelure comme Liszt ne l'a-
vait peut-être jamais secouée. Pendant tout le
temps qu'elle chantait, Aratof avait observé le
visage de Clara. Il lui sembla, cette fois encore,
qu'à travers les cils à demi fermés, ses yeux
étaient tournés vers lui. Ce qui le frappait surtout, c'était l'immobilité de ce visage, de ce
front, de ces sourcils. Ce n'est qu'à ce cri de
passion qu'il avait vu briller un instant l'éclat
vivant de deux rangées de dents serrées et
blanches.

Kupfer s'approcha de lui :

« Eh bien, frère, qu'en dis-tu ? demanda-t-il tout rayonnant de satisfaction.

— La voix est bonne, répliqua Aratof, mais elle ne sait pas encore chanter, elle n'a pas la véritable école. » (Pourquoi il avait dit tout cela, et quelle idée il avait de ce que c'est que l' « école », Dieu seul le sait!)

Kupfer s'étonna.

« Pas d'école ? dit-il lentement... Eh bien, elle peut encore l'acquérir. Mais aussi quelle âme ?... Attends un peu, tu l'entendras quand elle lira la lettre de Tatiane. »

Il s'éloigna d'Aratof en courant, — et celui-ci pensa : « De l'âme ? avec un visage si immobile ? » Il trouvait qu'elle se tenait et qu'elle se mouvait comme une personne magnétisée, comme une somnambule, et en même temps elle ne cessait de le regarder, oui, c'était indubitable !

Cependant, la matinée poursuivait son cours. Le gros homme à lunettes parut de nouveau. Malgré son extérieur solennel, il se croyait un comique : il lut une scène de Gogol sans exciter, cette fois, le moindre signe d'approbation. Le flûtiste passa de nouveau comme une ombre, le pianiste tonna de nouveau, un jeune garçon de douze ans, pommadé et frisé, mais avec des traces de larmes dans les yeux, piailla je ne sais quelles variations sur le violon. Ce qui put sembler singulier, c'est que, dans les entr'actes de la lecture et de la musique, arrivaient de temps en temps, de la chambre des artistes, les sons saccadés d'un cornet à pistons, et que pourtant cet instrument ne parut pas. On sut plus tard que l'amateur qui s'était offert pour en jouer avait pris peur au moment de se présenter devant le public.

Et voici qu'enfin Clara Militch reparut. Elle tenait dans sa main un volume de Pouchkine. Cependant elle n'y regarda pas une seule fois pendant la lecture. Elle avait visiblement peur ; le petit volume tremblait dans ses doigts. Aratof remarqua aussi une expression d'abattement répandue maintenant sur son visage sévère. Elle prononça le premier vers : « Je vous écris, que dire de plus ? » très simplement, presque naïvement, et elle tendit les deux mains en avant d'un geste également naïf, sincère et comme sans défense. Puis elle commença à se hâter ; mais, à partir du vers : « Un autre ? non, jamais je ne donnerai mon cœur à un autre », elle se maîtrisa, et, quand elle arriva aux deux vers suivants · « Toute ma vie n'était qu'un gage que je te rencontrerais sûrement un jour », sa voix, jus-

qu'alors assez lourde, résonna tout à coup
avec une exaltation enthousiaste et hardie, et
ses yeux, avec la même hardiesse, se fixèrent
droit sur Aratof. Elle continua ainsi, et c'est
seulement vers la fin que sa voix baissa de
nouveau, et dans sa voix comme sur son visage reparut le même abattement. Elle précipita les derniers vers, le volume glissa de ses
mains et elle s'éloigna rapidement.

Le public se mit à applaudir avec fureur et à
la rappeler. Un jeune séminariste, entre autres,
hurlait avec tant de violence le nom de Militch,
qu'un voisin le pria poliment et avec intérêt
d'épargner en lui-même un futur protodiacre.
Mais Aratof se leva aussitôt et se dirigea vers la
sortie. Kupfer le rattrapa.

« Au nom du ciel, où vas-tu? s'écria-t-il.
Veux-tu que je te présente à Clara?

— Non, non, merci, » dit Aratof. Et il partit
presque en courant pour retourner chez lui.

V

Des sensations étranges, et qu'il ne comprenait pas bien lui-même, agitaient Aratof. Au

fond, la manière de lire de Clara ne lui avait
pas beaucoup plu. Cela lui avait paru exagéré
et inharmonieux; cela le troublait, lui semblait
une sorte de violence qu'on lui aurait faite. Et
puis... pourquoi ces regards obstinés, persis-
tants, presque indiscrets ? qu'est-ce qu'ils signi-
fiaient ? La modestie d'Aratof ne lui permettait
pas de penser un seul instant qu'il avait pu
plaire à cette étrange fille, lui inspirer un sentiment semblable à de la passion ; et lui-même, ce
n'est pas ainsi qu'il se représentait la jeune fille,
encore inconnue, à laquelle un jour il se donne-
rait tout entier, qui l'aimerait aussi et qui de-
viendrait sa fiancée. Il pensait rarement à cela ;
il était aussi vierge d'esprit que de corps ; mais
la pure image qui surgissait alors dans son âme
lui était inspirée par une autre image, celle de
sa défunte mère, dont il se souvenait à peine,
mais dont un portrait était conservé par lui
comme un trésor sacré. Ce portrait avait été
peint à l'aquarelle, assez peu habilement, par
une voisine de campagne; mais la ressemblance,
au dire de tout le monde, était frappante. Le
même profil délicat, les mêmes yeux bons et
clairs, les mêmes cheveux soyeux, le même sourire, la même expression sereine du visage, —
voilà ce que devait avoir cette jeune fille encore

à venir, cette jeune fille qu'il n'osait presque pas attendre; tandis que cette brune basanée, aux gros cheveux, au duvet sur la lèvre, cet être fantasque et certainement pas bon, cette bohémienne (Aratof ne pouvait trouver une pire expression), que lui était-elle?

Et cependant Aratof n'avait pas la force de chasser de sa tête cette bohémienne basanée dont le chant, la déclamation et même l'extérieur ne lui plaisaient pas. Il s'en étonnait, il s'en voulait. Peu de temps auparavant, il avait lu le roman de Walter Scott : *les Eaux de Saint-Ronan*. La collection des œuvres complètes de Walter Scott se trouvait dans la bibliothèque de son père, qui respectait chez le romancier écossais un écrivain sérieux, presque scientifique. L'héroïne de ce roman se nomme Clara Mowbray. Un poète de l'année 1840 avait écrit sur elle une pièce de vers qui se termine ainsi :

> Malheureuse Clara, Clara l'insensée,
> Malheureuse Clara !

Aratof connaissait cette poésie, et voici que maintenant ces dernières paroles lui revenaient sans cesse à la mémoire :

« Malheureuse Clara, Clara l'insensée! »

(C'est pour cela qu'il avait eu un mouvement de surprise en entendant Kupfer nommer Clara Militch.) Platonida elle-même remarqua, non pas un changement dans l'humeur de Jacques, car, au fond, aucun changement ne s'était produit en lui, mais bien quelque chose d'inusité dans ses regards, dans ses discours. Elle le questionna avec précaution sur la matinée musicale à laquelle il avait assisté, murmura, soupira, le regarda d'un côté, de l'autre, par devant, par derrière et, se frappant tout à coup les côtés des deux mains, elle s'écria :

« Allons, Yacha, je vois de quoi il s'agit.

— De quoi donc? demanda Aratof.

— Tu as certainement rencontré à cette matinée quelqu'une de ces traîneuses de queues (c'est ainsi que Platonida nommait toutes les dames portant des robes à la mode). Elle a une frimousse provocante, elle se tortille de-ci, elle se tortille de-là (et Platonida imitait ce tortillage), et avec les yeux elle fait des ronds comme cela (et Platonida décrivait avec son index de grands cercles dans l'air), et toi qui n'y es pas habitué, ça t'a fait de l'effet. Mais ce n'est rien, Yacha, cela ne veut rien dire du tout. Prends une tasse de thé ou de tilleul avant de te coucher et tout sera fini, avec l'aide de Dieu. »

Platonida se tut et s'éloigna. Il y avait long-temps qu'elle n'avait prononcé un discours aussi long et aussi animé. Et Aratof pensa :

« Qui sait ? la tante a peut-être raison ; tout ça n'est peut-être que manque d'habitude. »

C'était en effet la première fois qu'il lui était arrivé d'attirer l'attention d'une personne du beau sexe ; dans tous les cas, il ne l'avait jamais remarqué. Il reprit ses livres, et, vers le soir, il but une tasse de tilleul, et il dormit très bien toute la nuit sans avoir aucun rêve.

Le lendemain matin il reprit, comme de coutume, ses études de photographie. Mais sa tranquillité fut troublée de nouveau dans la même journée.

VI

Un commissionnaire lui apporta un billet d'une écriture féminine, grande et irrégulière, ainsi conçu :

« Si vous devinez qui vous écrit, et si cela ne vous ennuie pas, venez demain après dîner, vers cinq heures, au boulevard de la Tverskoï

et attendez. On ne vous retiendra pas longtemps... Mais c'est très important, venez! »

Il n'y avait pas de signature.

Aratof devina sans hésiter qui était sa corres-
pondante, non sans un mouvement d'humeur.

« Quelle folie! dit-il presque à haute voix; il
ne manquait plus que cela! Naturellement je
n'irai pas. »

Il fit pourtant appeler le commissionnaire,
duquel il n'apprit rien, sinon que le billet lui
avait été remis dans la rue par une femme de
chambre. L'ayant renvoyé, Aratof relut le billet
et le jeta par terre. Mais, quelques instants après,
il le ramassa, le relut encore, s'écria de nouveau : « Quelle folie! » et le jeta, non plus à
terre, mais dans un tiroir de sa table. Il revint à
ses occupations habituelles, tantôt à l'une, tantôt
à l'autre, mais cela n'allait plus. Il remarqua
tout à coup qu'il s'était mis à attendre Kupfer.
Voulait-il l'interroger, ou même lui communiquer... Mais Kupfer ne venait pas. Alors il prit
un volume de Pouchkine, lut la lettre de Tatiane et se convainquit bientôt que cette « bohémienne » n'avait pas du tout compris le vrai
sens de cette épître célèbre. Et cet imbécile de
Kupfer qui s'écrie « Rachel! Viardot! » Ensuite
il s'approcha de son pianino, leva inconsciem-

ment le couvercle, essaya de trouver sur les touches la mélodie de la romance de Tchaïkofski, mais referma aussitôt avec dépit l'instrument et se dirigea vers la chambre de sa tante, petite pièce toujours chauffée, avec une perpétuelle odeur de menthe, de sauge et d'autres plantes salutaires, et dans laquelle il y avait une si grande quantité d'étagères, de petits tapis, de petits bancs, de petits coussins, de petits meubles rembourrés, qu'un homme qui n'en avait pas l'habitude pouvait à peine s'y retourner et y respirer.

Platonida se tenait près de la fenêtre, tricotant un cache-nez pour son Yacha. C'était le trente-huitième qu'elle lui faisait depuis sa naissance. Elle fut assez étonnée de le voir, car il la visitait rarement, se contentant, chaque fois qu'il avait besoin d'elle, de crier de son cabinet : « Tante Platocha ! »

Elle le fit pourtant asseoir et, dans l'attente de ses premières paroles, se dressa attentive, en le regardant, d'un œil à travers ses besicles, de l'autre par-dessus. Elle ne s'enquit pas de sa santé et ne lui proposa pas de tilleul; elle se doutait bien qu'il était venu pour autre chose.

Aratof, après un peu d'hésitation, se mit à parler... à parler de sa mère, et comment elle avait vécu avec son père, et comment elle avait fait sa connaissance. Il savait tout cela fort bien, mais il éprouvait le besoin de parler précisément de ces choses. Malheureusement Platonida ne savait pas du tout raconter; elle répondait très brièvement, comme si elle eût soupçonné que ce n'était pas non plus pour cela que Yacha était venu la trouver.

« Eh bien, quoi? répétait-elle, en agitant hâtivement et comme avec dépit ses aiguilles, certainement... ta mère était une colombe, comme sont toutes les colombes... et ton père l'aimait comme il convient à un mari, fidèlement et honnêtement, jusqu'au tombeau, et il n'a jamais aimé une autre femme, ajouta-t-elle en élevant la voix et en arrachant les besicles de son nez.

— Et... elle était d'un naturel timide? demanda Arator après un moment de silence.

— Naturellement, timide, comme il convient à notre sexe. Les hardies, cela n'a poussé que dans les derniers temps.

— Et de votre temps, il n'y en avait donc pas, de hardies?

— Il y en avait de notre temps aussi; comment n'y en aurait-il pas eu? Mais qui? Quelque rien du tout. Elle a son jupon tout crotté; elle se jette de-ci de-là, l'effrontée. Qu'est-ce que ça lui fait? Un imbécile lui tombe sous la main, c'est justement son affaire, et les hommes posés la dédaignent. Rappelle-toi bien, en as-tu jamais vu de pareilles dans notre maison? »

Aratof ne répondit rien et retourna dans son cabinet. Platonida le suivit du regard, hocha la tête, rajusta ses besicles et se remit à son cache-nez, mais plus d'une fois devint rêveuse et laissa retomber ses aiguilles sur ses genoux.

« Non! non! » se disait Aratof toute la soirée. Et de nouveau il se reprenait à penser à ce billet, à cette bohémienne, à cet appel auquel il ne se rendrait certainement pas. Même la nuit il n'eut pas de repos. Il croyait toujours voir ces yeux noirs, tantôt à demi voilés, tantôt tout grands ouverts, et toujours obstinément fixés sur lui, et ces traits immobiles avec leur expression impérieuse et morne.

La matinée suivante il se mit encore à espérer la visite de Kupfer; il fut même sur le point de lui écrire. Du reste, il ne travailla pas, il ne fit que se promener de long en large dans sa chambre. Il continuait à ne pas vouloir admettre la pensée qu'il irait à ce sot rendez-vous... et, vers trois heures et demie, après un dîner hâtivement avalé, il jeta un manteau sur ses

épaules, enfonça son bonnet sur sa tête, et, évi-
tant d'être vu par sa tante, bondit dans la rue et
se dirigea vers le boulevard Tverskoï.

VII

Aratof y trouva peu de monde. Le temps était
gris et assez froid. Il tâchait de ne pas réfléchir
à ce qu'il faisait ; il s'efforçait de diriger son attention sur tous les objets qu'il rencontrait et
de se persuader que lui aussi était venu là pour
se promener comme les autres. La lettre de la
veille se trouvait dans sa poche de côté et il la
sentait constamment là. Aratof parcourut deux
ou trois fois le boulevard en examinant atten-
vement toute figure féminine qui s'approchait
de lui, et son cœur battait... battait... Sentant
de la fatigue, il s'assit sur un banc.

Tout à coup, il lui vint dans la tête : « Et si
cette lettre était écrite, non par elle, mais par
une autre ? » Cela aurait dû lui être parfaitement
égal ; pourtant il dut s'avouer à lui-même qu'il
ne le désirait pas.

Ce serait trop bête, pensa-t-il, encore plus

bête que... l'autre chose. Une inquiétude nerveuse commença à s'emparer de lui ; il eut froid, non dehors, mais dedans. De temps en temps, il tirait sa montre, regardait le cadran, la replaçait dans son gilet, et chaque fois il oubliait combien de minutes restaient avant cinq heures. Il lui semblait que tous les passants le regardaient d'une certaine façon, avec un étonnement railleur, avec curiosité. Un vilain petit chien s'approcha, lui flaira les bottes et se mit à frétiller de la queue. Il le chassa d'un geste colère. Ce qui l'ennuyait le plus, c'était un jeune garçon de fabrique, en longue veste déguenillée, qui s'était installé sur un banc de l'autre côté du boulevard, et tantôt sifflotant, tantôt se grattant, et dandinant ses pieds recouverts d'énormes bottes trouées, ne cessait de lui jeter des regards. « Voilà, pensait Aratof; son patron l'attend à coup sûr et le paresseux reste là à flâner. »

Mais, dans ce moment même, Aratof crut sentir que quelqu'un s'était approché..., puis s'était arrêté derrière lui, — il lui vint comme un souffle chaud. — Il se retourna vivement : c'était elle.

Il la reconnut sur-le-champ, bien qu'un épais voile bleu recouvrît son visage. Il sauta aussitôt de son banc, mais resta immobile... et ne put

prononcer une parole. Elle se taisait aussi. Il
éprouvait un grand trouble, mais son trouble à
elle n'était pas moindre. Même à travers son
voile, Aratof ne put ne pas remarquer qu'elle
était pâle comme une morte. Ce fut cependant
elle qui parla la première.

« Merci, commença-t-elle d'une voix entrecoupée, je n'espérais pas... » Elle se détourna
légèrement et se mit à marcher le long du boulevard.

Aratof la suivit.

« Vous m'avez probablement blâmée, continua-t-elle, sans tourner la tête de son côté. En
effet, mon action est très étrange, mais... j'ai
entendu tant parler de vous... mais non, ce
n'est pas pour cette raison... si vous saviez...
j'aurais voulu vous dire tant de choses... Mais,
mon Dieu, comment le faire? comment le
faire? »

Aratof marchait à côté d'elle, deux pas en arrière; il ne pouvait voir son visage, il ne voyait
que son chapeau, une partie de son voile et sa
longue mantille noire, déjà un peu usée. Tout
son dépit, et contre elle et contre lui-même, lui
revint subitement. Tout le ridicule, toute la bê-
tise de cette entrevue, de ces explications entre
deux personnes complètement inconnues l'une

à l'autre, sur la voie publique, lui sautèrent aux yeux.

« Je me suis rendu à votre invitation, commença-t-il à son tour ; je me suis présenté, Madame (les épaules de la jeune fille eurent un léger tressaillement ; elle prit un petit chemin de traverse, il la suivit), dans le seul but d'éclaircir à la suite de quel étrange malentendu vous avez bien voulu vous adresser à moi, à un homme qui vous est étranger et qui n'a deviné... comme vous vous êtes exprimée dans votre lettre... qui n'a deviné que c'était vous qui lui aviez écrit, que par la seule raison que, pendant cette matinée littéraire, vous avez daigné lui témoigner une attention par trop évidente. »

Aratof s'arrêta, attendant une réponse ; mais elle resta muette.

Tout ce petit discours fut prononcé par Aratof de cette voix sonore, mais pas très assurée, qu'ont les jeunes gens aux examens lorsqu'ils répondent sur un sujet auquel ils se sont bien préparés. Il se fâchait, il était en colère, et cette colère même avait délié sa langue qui, d'ordinaire, n'avait pas cette facilité d'élocution.

Elle continuait à marcher dans le petit chemin, d'un pas ralenti. Aratof marchait derrière elle et ne voyait toujours que cette vieille mantille et ce chapeau qui n'était pas bien frais non plus.

Son amour-propre souffrait à l'idée qu'elle avait dû penser : Je n'ai eu qu'à faire signe, et il est accouru.

« Je suis tout prêt à vous entendre, reprit-il ; je serai même très enchanté de pouvoir vous être utile en quoi que ce soit. Et pourtant, je l'avoue, je ne puis que m'étonner... avec ma vie solitaire... »

Mais, à ces dernières paroles, Clara se retourna vers lui brusquement, — et il aperçut un visage si épouvanté, si profondément triste, avec de si grosses et claires larmes dans les yeux, avec une expression si amère autour de la bouche entr'ouverte, — et ce visage était tellement beau, que la parole expira sur ses lèvres, et qu'il ressentit lui-même comme une sorte d'effroi, d'attendrissement et de pitié.

« Ah ! pourquoi... pourquoi... dire cela ? dit-elle avec un accent irrésistible de sincérité vraie ; et comme sa voix était poignante ! Est-il possible que mon appel vous ait offensé ?... que vous n'ayez rien compris ? Oh ! non, vous n'avez rien compris. Vous n'avez pas compris ce que je vous disais. Dieu sait ce que vous avez pensé de moi ! Vous n'avez pas même pensé à ce qu'il m'en avait coûté de vous écrire ; vous n'avez eu souci que de votre personne, de votre dignité...! Mais, mon Dieu, est-ce que je voulais ?... (Elle frappa si violemment ses mains qu'elle avait portées à ses lèvres, qu'on entendit ses doigts craquer.) Comme si j'avais montré quelque exigence, comme si toutes ces explications étaient nécessaires... « Madame, je ne puis que m'étonner... je serai très enchanté de vous être bon à quelque chose... » Ah ! je suis une insensée ; je me suis trompée sur vous ; votre visage m'a trompée... Quand je vous ai vu pour la première fois... Tenez, vous voilà là... et pas une parole... pas une seule parole ? »

Elle se tut brusquement ; son visage devint tout à coup rouge et prit subitement une expression méchante et insolente.

« Mon Dieu, que c'est bête ? s'écria-t-elle avec un rire strident. Que cette entrevue est bête ! comme je suis bête, moi ! et vous aussi !... fi ! »

Elle fit un geste méprisant de la main, comme si elle le chassait de son chemin, et, passant devant lui, elle s'éloigna en courant et disparut.

Ce geste, ce rire insultant et cette dernière exclamation rendirent Aratof à sa première disposition d'esprit et étouffèrent aussitôt dans son âme le sentiment qui s'y était éveillé au moment où Clara, les yeux en larmes, s'était tournée vers lui ; la colère le reprit et il fut sur le point de crier à la jeune fille qui fuyait :

« Vous pouvez devenir une bonne actrice ! Mais pourquoi essayer vos effets sur moi ? »

Il retourna à grands pas à la maison et, bien qu'il continuât à sentir du dépit et à s'indigner tout le long du chemin, à travers tous ces sentiments mauvais et hostiles perçait involontairement le souvenir de ce merveilleux visage qu'il n'avait fait qu'entrevoir un instant. Il se posa même cette question : « Pourquoi ne lui ai-je pas répondu quand elle me suppliait de lui dire un seul mot ? elle ne m'en a pas donné le temps... et quel mot aurais-je bien pu prononcer ? »

Mais il secoua aussitôt la tête et répéta avec dérision : « Comédienne ! »

Et en même temps l'amour-propre du jeune homme nerveux et inexpérimenté, cet amour-propre, offensé d'abord, se sentait maintenant comme flatté à cette idée : voilà pourtant quelle passion il avait inspirée !

Mais aussi, se dit-il dans le même instant, tout ceci est naturellement fini ; j'ai dû lui sembler parfaitement ridicule. — Cette pensée lui était désagréable... Et il se dépitait de nouveau et contre elle et contre lui-même.

Revenu à la maison, il s'enferma dans son cabinet. Il ne voulait pas voir Platocha. La bonne vieille s'approcha deux ou trois fois de la porte, appliqua l'oreille à la serrure, soupira, murmura sa prière.

« Ça a commencé, pensait-elle; et il n'a que vingt-cinq ans. C'est trop tôt! oh! c'est trop tôt! »

VIII

Toute la journée suivante Aratof fut de mauvaise humeur. « Qu'est-ce, Yacha? lui demandait Platonida : tu as aujourd'hui l'air tout détraqué. » Dans le langage particulier de la petite vieille, cette expression rendait assez exactement l'état moral d'Aratof. Il ne pouvait pas travailler, il ne savait pas lui-même ce qu'il désirait. Tantôt il se mettait à attendre Kupfer (il soupçonnait que c'était de Kupfer que Clara avait eu son adresse, et quel autre aurait pu tant parler de lui?), et tantôt il se demandait si vraiment ces relations devaient se terminer ainsi. Parfois il s'imaginait qu'elle lui écrirait... ou bien ne serait-ce pas à lui d'écrire une lettre dans laquelle il lui expliquerait tout? car il ne désirait pourtant pas lui laisser une impression défavorable... Mais, expliquer quoi? Tantôt il tâchait d'exciter en lui-même une sorte de dégoût pour elle, pour son indiscrétion, pour sa hardiesse; puis, de nouveau, se représentait à lui ce visage indiciblement touchant, et cette voix d'un accent irrésistible; puis il se rappelait son chant, sa manière de lire, et il ne savait plus s'il avait eu raison dans son jugement sévère... En un mot. c'était un homme détraqué. Enfin tout cela finit par l'ennuyer et il se décida, comme on dit, à se faire une raison et à biffer toute cette histoire qui le dérangeait de ses occupations et troublait son repos. Mais ce ne fut pas chose facile. Une semaine se passa avant qu'il pût rentrer dans son ornière habituelle. Heureusement, Kupfer ne paraissait plus du tout; on eût dit qu'il avait quitté Moscou.

Peu de temps avant cette histoire, Aratof avait commencé à s'occuper de peinture au point de vue de la photographie ; il s'y remit avec un redoublement de zèle.

Ainsi, insensiblement, avec quelques légères rechutes, comme disent les docteurs (Aratof, par exemple, fut un jour sur le point de rendre visite à la princesse), ainsi se passèrent deux, trois mois, et Aratof redevint l'Aratof d'autrefois. Seulement, là, en dessous, sous la surface de sa vie, quelque chose de lourd, de sombre, l'accompagnait secrètement partout et toujours. Ainsi un grand poisson, saisi par l'hameçon, mais qui n'est pas encore arraché de l'eau, suit en nageant au fond de la rivière le bateau sur lequel se tient le pêcheur, sa forte ligne à la main.

Mais voici qu'un jour, parcourant un numéro de la *Gazette de Moscou,* Aratof tomba sur la correspondance suivante :

« C'est avec un profond chagrin, écrivait un littérateur du cru (de la ville de Kazan), que nous insérons dans notre chronique théâtrale la nouvelle de la fin subite de notre remarquable actrice, Clara Militch, qui avait su, dans le temps relativement court de son engagement, devenir la favorite de notre public, si connaisseur et si difficile. Notre chagrin est d'autant plus profond, que c'est Mlle Militch elle-même qui, volontairement, a mis fin à sa vie, si jeune et si pleine d'espérance, par le moyen du poison. Et cet empoisonnement est d'autant plus horrible, que l'artiste a bu le breuvage fatal sur le théâtre même. On eut beaucoup de peine à la ramener chez elle, où, au regret général, elle expira. Le bruit court qu'un amour malheureux aurait été la cause de cette action funeste. »

Aratof déposa doucement le numéro du journal sur la table. A le voir, il était resté calme ; mais quelque chose comme un choc heurta tout à coup violemment dans sa poitrine, dans sa tête, puis glissa lentement le long de tous ses membres. Il se leva, resta quelque temps immobile, se rassit, relut la correspondance, se releva, se coucha sur son lit, et les mains croisées derrière la tête, comme un homme envahi par le brouillard, regarda longuement la muraille. Peu à peu cette muraille s'effaça, disparut, et il aperçut devant lui, et le boulevard sous un ciel gris, et elle dans sa mantille noire, puis elle encore sur l'estrade, puis lui-même à côté d'elle. Ce même choc, qui l'avait si violemment frappé à la poitrine au premier moment se mit à remonter... à remonter lentement vers la gorge. Il voulut s'éclaircir le gosier, il voulut appeler ; mais sa voix le trahit, et, à son propre étonnement, des larmes abondantes jaillirent de ses yeux. Qu'est-ce qui avait excité ces larmes ? La pitié ou le remords ? ou simplement les nerfs qui n'avaient pu résister à un coup subit ? Car elle n'était rien pour lui, n'est-ce pas ?

Une pensée soudaine lui traversa la tête :
Mais peut-être n'est-ce pas vrai? Il faut s'informer. Mais auprès de qui? De la princesse? Non,
auprès de Kupfer, de Kupfer... Mais on dit qu'il
n'est pas à Moscou. C'est égal, c'est par lui qu'il
faut commencer. Aratof s'habilla rapidement,
prit un *isvostchik* et partit au galop.

IX

Il n'espérait pas le trouver à la maison, et
cependant il le trouva. Kupfer avait, en effet,
quitté Moscou pour quelque temps; mais il
était de retour depuis une semaine et se propo-
sait d'aller voir Aratof. Il le reçut avec sa bonne
humeur habituelle et déjà allait lui raconter
quelque chose, lorsque Aratof l'interrompit avec
impatience :

« Tu as lu? c'est vrai?

— Quoi? c'est vrai? répondit Kupfer étonné.

— Au sujet de Clara Militch. »

Le visage de Kupfer exprima la pitié.

« Oui, oui, frère, c'est vrai, elle s'est empoisonnée! Quel malheur! »

Aratof se tut un instant :

« Tu l'as lu aussi dans un journal, ou bien peut-être es-tu allé toi-même à Kazan?

— Je suis allé à Kazan, en effet: la princesse et moi l'y avons accompagnée. Elle y a débuté avec grand succès. Seulement, je ne suis pas resté là jusqu'à la catastrophe; je me trouvais à Jaroslaf.

— A Jaroslaf?

— Oui, j'y avais accompagné la princesse: c'est là qu'elle s'est établie à présent.

— Mais as-tu des nouvelles certaines?

— Les plus certaines, de première main. A Kazan, j'ai fait la connaissance de toute sa famille. Mais... attends un peu, frère, il me semble que cette nouvelle t'agite singulièrement, et pourtant, autant qu'il me souvienne, Clara ne t'avait pas plu. Tu avais tort; c'était une jeune fille extraordinaire, mais une tête... Oh! une tête! Sa mort m'a causé beaucoup de chagrin. »

Aratof se laissa tomber sur une chaise, et, après un moment de silence, pria Kupfer de lui raconter...

Il hésita.

« Quoi donc? demanda Kupfer.

— Mais... tout, repartit lentement Aratof, sur sa famille... sur elle... tout ce que tu sais.

— Cela t'intéresse donc bien? »

Et Kupfer, d'après le visage duquel on n'aurait pas dit qu'il eût tant de chagrin, commença son récit.

Le véritable nom de Clara Militch était Catherine Milovidof. Son père, mort depuis quelque temps, avait été maître de dessin au Gymnase de Kazan. Il peignait de méchants portraits et des images d'église, et passait pour un ivrogne et pour un tyran domestique. Il avait laissé après lui : 1° une veuve, de la caste des marchands, une femme sotte, absolument sotte, sortie tout droit des comédies d'Ostrofski; et 2° une fille beaucoup plus âgée que Clara et qui ne lui ressemblait guère, une personne très intelligente, mais exaltée, maladive, une personne très remarquable, mon ami, et développée, très développée! Elles vivaient toutes deux, mère et fille, convenablement, dans une assez gentille maisonnette, achetée du produit de ces méchants portraits et de ces images de pacotille. Quant à Clara, ou Katia, si tu veux, elle avait frappé tout le monde par ses aptitudes dès son enfance. Mais son caractère était capricieux, insoumis; elle ne faisait que se chamailler avec son père. Ayant une passion innée pour le théâtre, elle s'était enfuie, à seize ans, de la maison paternelle, avec une actrice...

« Avec un acteur? interrompit Aratof.

— Non, pas avec un acteur, mais avec une actrice, à laquelle elle s'était attachée... Il est vrai que cette actrice avait un protecteur, un seigneur riche, assez vieux, qui ne l'avait pas épousée pour la seule raison qu'il était déjà marié. Du reste, l'actrice, de son côté, paraît-il, était aussi mariée. Avant son arrivée à Moscou. Clara avait déjà joué et chanté dans les théâtres de province; puis, ayant perdu son amie l'actrice (le protecteur était mort ou s'était réconcilié avec sa femme, Kupfer ne savait pas au juste), Clara avait fait la connaissance de la princesse, cette femme d'or, ajouta le narrateur non sans conviction, que toi, Jacques Andreïtch, tu n'as pas su apprécier à sa juste valeur! Enfin, Clara reçut des propositions de Kazan et les accepta, bien qu'elle eût souvent assuré qu'elle ne quitterait pas Moscou. Aussi, comme les Kazaniens s'étaient mis à l'aimer! C'était étonnant A chaque représentation, des bouquets et un cadeau, des bouquets et un cadeau! Un marchand de grains, le premier gros bonnet de la province, lui avait même fait hommage d'un encrier en or. »

Kupfer avait raconté tout cela avec une grande animation, mais sans la moindre trace de senti-

mentalité, n'interrompant son discours que par
des exclamations : « Tu veux savoir encore cela ?
Pourquoi faire ? » quand Aratof, qui l'écoutait
avec une attention dévorante, exigeait de lui des
détails toujours plus précis. Enfin tout fut dit,
et Kupfer se tut, s'étant récompensé de sa peine
par un cigare.

« Mais pourquoi donc s'est-elle empoisonnée ? demanda Aratof. Il est dit dans le journal... »

Kupfer éleva les deux mains en l'air.

« Ah ! cela, je ne puis le dire, je ne sais pas.
Mais le journal radote. La conduite de Clara
était exemplaire. Des amourettes ! avec sa fierté !
Car elle était fière comme Satan en personne !
et inabordable ! Je te l'ai dit, une tête ! Dure
comme de la pierre ! Le croirais-tu ? Je l'ai pourtant connue bien intimement, et pourtant je n'ai
jamais vu de larmes dans ses yeux,

— Et moi, j'en ai vu, pensa Aratof.

— Je dois pourtant dire, continua Kupfer,
que, dans les derniers temps, j'avais remarqué
en elle un grand changement. Elle était devenue
morose, silencieuse ; on ne pouvait lui arracher
une parole. Je lui ai demandé plusieurs fois :
« Quelqu'un ne vous aurait-il pas offensée, Catherine Séménovna ? » car je connaissais bien

son caractère. Elle ne pouvait pas supporter une
offense. Elle se taisait, et *basta!* Même les succès au théâtre ne lui faisaient pas grand plaisir,
Les bouquets tombaient de toutes parts et elle ne
souriait seulement pas. C'est à peine si elle a
jeté un regard sur l'encrier du marchand de
grains. Elle se plaignait beaucoup de ce que
personne ne lui écrivît un vrai rôle, tel qu'elle le
comprenait. Quant au chant, elle l'avait complètement abandonné. Pardonne-moi, frère,
mais je lui ai répété ce que tu avais dit de son
manque d'école... Avec tout cela, pourquoi elle
s'est empoisonnée, c'est inconcevable! Et de
quelle façon, encore !

— Dans quel rôle... a-t-elle eu le plus de
succès ? »

Aratof avait voulu demander dans quel rôle
elle avait paru pour la dernière fois, mais Dieu
sait pourquoi il demanda autre chose.

« Dans la *Grounia* d'Ostrofski ; mais, je te le
répète, d'amourettes, point. Juges-en toi-même :
elle vivait dans la maison de sa mère. Tu sais,
il y a de ces maisons de marchands : dans chaque
coin un tas d'images et une lampe; une chaleur
étouffante, ça sent l'aigre; dans le salon, rien
que des chaises le long des quatre murs, des
pots de géranium aux fenêtres, et dès qu'un

visiteur arrive, la maîtresse de la maison se met
à pousser des « Ah! ah! mon Dieu! » comme si
un ennemi s'approchait. Où veux-tu qu'il y ait
là des « faire la cour » et des amours? Même
moi, on ne me laissait pas toujours entrer. Leur
servante, grosse paysanne en sarafane de toile
de Koumatch, aux mamelles pendantes, se place
en travers de vous, les jambes écartées, et vous
rugit : « Où vas-tu? » Non, décidément, je ne
puis comprendre pourquoi elle s'est empoisonnée! Elle en aura eu assez de la vie, conclut
philosophiquement Kupfer. »

Aratof se tenait assis, la tête penchée.

« Peux-tu me donner l'adresse de cette maison à Kazan? dit-il enfin.

— Je le puis, mais qu'en veux-tu faire? Vou-
drais-tu y envoyer une lettre.

— Peut-être.

— C'est ton affaire; seulement la vieille ne te
répondra pas, car elle ne sait pas l'orthographe.
La sœur, peut-être. Elle est bien intelligente, la
sœur; mais je dois te dire que tu m'étonnes.
Quelle indifférence auparavant, et maintenant
quel intérêt! Tout ça, mon cher, vient de la solitude où tu vis. »

Aratof ne répondit rien à cette observation et
s'en alla, muni de l'adresse demandée.

Quand il s'était rendu chez Kupfer, son visage exprimait l'agitation, l'étonnement, l'attente. Maintenant, il allait d'un pas égal, les yeux baissés, le chapeau enfoncé. Plus d'un passant le suivit d'un regard interrogateur, mais il ne faisait pas attention aux passants; ce n'était pas comme cette autre fois sur le boulevard.

« Malheureuse Clara, Clara l'insensée! » Ce refrain résonnait en son âme.

X

Et pourtant, le lendemain, Aratof fut tranquille et reprit ses occupations. Il ne pouvait s'empêcher de penser à ce que Kupfer lui avait dit la veille, mais ses réflexions étaient assez paisibles. Il lui semblait que cette étrange jeune fille l'intéressait au point de vue psychologique, comme une énigme dont il valait la peine de chercher le mot. Elle s'est enfuie avec cette actrice entretenue; elle s'est mise sous la protection de cette princesse; chez laquelle elle a demeuré; et pas d'intrigue amoureuse? Invraisemblable! Kupfer parle de sa fierté; mais nous savons, — Aratof aurait dû dire : « Nous avons lu dans des livres », — que la fierté peut très bien faire bon ménage avec une conduite légère; et, en second lieu, comment, elle si fière, a-t-elle donné un rendez-vous à un homme qui aurait pu lui témoigner du dédain, et qui lui en a témoigné? Mais ici, Aratof se demanda : Lui avait-il, en effet, témoigné du dédain ? Non, c'était un sentiment de surprise, d'incrédulité peut-être... « Malheureuse Clara! » retentit en lui de nouveau. Oui, malheureuse, dit-il enfin, c'est le mot qui s'applique le mieux à elle. Et si c'est ainsi, j'ai été injuste. Elle avait raison de dire que je ne l'avais pas comprise! C'est dommage! Une nature bien remarquable peut-être a passé si près de moi, et je n'en ai pas profité, je l'ai repoussée... Eh bien, après tout! j'ai toute la vie devant moi, je ferai bien d'autres rencontres encore! Mais pourquoi est-ce précisément moi qu'elle a choisi?

Il jeta un regard dans le miroir devant lequel il passait.

« Qu'y a-t-il donc de si particulier en moi? Je ne suis pas déjà si beau! un visage comme tous les autres. Du reste, elle n'est pas belle non plus... Elle n'est pas belle... mais quel visage

13.

expressif! immobile, mais expressif. Je n'en ai pas encore rencontré de semblable… et elle a aussi du talent, c'est-à-dire elle avait du talent, indubitablement. Un talent sauvage, non développé, mais rude, mais véritable. Et là aussi, j'ai été injuste envers elle. »

Aratof se transporta par la pensée à la matinée musicale, et remarqua qu'il se rappelait très distinctement chaque parole chantée par elle, chaque intonation. Cela n'aurait pas eu lieu si elle n'avait pas eu de talent.

« Et maintenant, tout cela est dans la tombe où elle s'est précipitée elle-même. Mais il n'y a pas de ma faute. Non, il serait ridicule de penser qu'il y a de ma faute. En supposant même qu'il y ait eu quelque chose de ma part, ma conduite pendant l'entrevue a dû le désillusionner complètement. C'est aussi pour cela qu'elle a eu ce rire cruel en me quittant. Et puis, quelles preuves y a-t-il qu'elle se soit empoisonnée par amour ? Il n'y a que les correspondants de journaux qui attribuent de pareilles morts à un amour malheureux. Aux personnes du caractère de Clara, la vie devient facilement un ennui, un fardeau. Oui, décidément, Kupfer a raison : elle en avait assez de la vie… »

Malgré ses succès ? ses ovations ? Aratof se mit à

rêver. Cette analyse à laquelle il se livrait lui était
en quelque sorte agréable. Étranger jusqu'alors à
tout contact avec les femmes, il ne soupçonnait
pas lui-même combien cette persistance à dé-
chiffrer une àme féminine était significative pour
lui.

« S'il en est ainsi, continua-t-il, l'art ne la
contentait donc pas, ne remplissait pas le vide
de sa vie? Les véritables artistes n'existent que
pour leur art; tout le reste pâlit devant ce qu'ils
reconnaissent être leur vocation... Ce n'était
qu'une dilettante ! »

Mais ici Aratof s'arrêta de nouveau. Non, le
nom de dilettante n'allait pas à ce visage, à l'expression de ces yeux.

Et devant lui surgit encore l'image de Clara,
avec son regard noyé de larmes et fixé sur lui,
avec ses mains pressées l'une contre l'autre et
soulevées jusqu'à ses lèvres.

« Ah ! assez, assez ! se dit-il, comme brisé de
fatigue, à quoi bon tout cela ? »

Ainsi se passa la journée. Pendant le dîner,
Aratof causa longtemps avec Platocha, la questionna sur le temps d'autrefois, dont elle ne se
souvenait guère et qu'elle racontait mal, n'étant
pas de langue facile et n'ayant de sa vie fait
attention qu'à son Yacha, qu'elle était heureuse

de voir ce jour-là si gentil et si bon. Il finit même
par jouer aux cartes avec elle.

Ainsi se passa la journée. Mais la nuit !...

XI

Elle avait bien commencé. Aratof s'était bientôt
endormi, et, quand la tante entra sur la pointe
des pieds dans sa chambre pour faire trois fois le
signe de la croix au-dessus de sa tête, ce qu'elle
ne manquait pas de faire chaque nuit, il était
tranquillement étendu et respirait comme un
enfant. Mais, vers le matin, il eut un rêve.

Il lui sembla qu'il marchait dans un steppe
vide parsemé de grosses pierres, sous un ciel
bas. Un sentier serpentait à travers les pierres.
Il le suivit. Tout à coup, devant lui, s'élève
comme un léger nuage... il regarde... Ce nuage
devient une femme, vêtue de blanc, avec une
étroite ceinture en or autour de la taille. Elle
s'éloigne de lui en toute hâte... Il ne pouvait
voir ni son visage ni ses cheveux... un long voile
les couvrait... il voulait à toute force la rattraper
et la regarder dans les yeux... mais il avait beau
se hâter, elle marchait plus vite que lui.

Sur le sentier se trouvait une large pierre plate. semblable à une dalle de tombeau ; cette pierre barrait le chemin à la femme, elle s'arrêta. Aratof s'approcha en courant... elle se retourna vers lui, mais il ne vit pas davantage ses yeux, ils étaient fermés. Son visage était blanc, blanc comme la neige. Ses bras pendaient immobiles, elle ressemblait à une statue.

Lentement, sans plier un seul membre, elle se renversa en arrière et s'étendit sur la dalle... Et, sans savoir comment, Aratof se trouve étendu auprès d'elle, tout son corps raide et droit, comme une figure de tombeau, et ses mains croisées comme celles d'un mort.

Mais ici la femme se souleva tout à coup et s'éloigna. Aratof veut aussi se soulever, mais il ne peut ni décroiser ses bras ni bouger... Il la suit du regard avec désespoir... Alors la femme se retourna soudain et il aperçut des yeux vivants et clairs, sur un visage vivant aussi, mais inconnu. Elle rit, elle l'appelle de la main, mais il ne peut toujours pas bouger.

Elle rit de nouveau et s'éloigne en balançant gaiement la tête, sur laquelle a tout à coup surgi une couronne de petites roses rouges.

Aratof essaie de crier, de secouer cet horrible cauchemar... Tout devient sombre, et la femme

reparaît auprès de lui... Mais ce n'est plus la
statue, c'est Clara. Elle se tient devant lui, les
bras croisés, et le regarde avec une attention
sévère. Ses lèvres sont serrées, mais il semble à
Aratof qu'il entend les mots suivants :

« Si tu veux savoir qui je suis, va là-bas !...

— Où cela ? demanda-t-il.

— Là-bas !... » répond une voix gémissante,
là-bas !...

Aratof se réveilla en sursaut.

Se dressant dans son lit, il alluma la bougie
sur la table, mais ne se leva point, et resta longtemps assis, tout refroidi, regardant lentement
alentour. Il lui sembla que, depuis qu'il était
couché, il lui était arrivé quelque chose... que
ce quelque chose s'était emparé de lui, l'avait
envahi pleinement. Mais est-ce que ce serait
possible ? murmurait-il avec une sorte d'égare-
ment. Un pareil pouvoir peut-il exister ?

Il ne put rester dans son lit. Il s'habilla lentement et, jusqu'au matin, marcha dans sa
chambre ; et, chose étrange, il ne pensait pas un
instant à Clara ; il ne pensait pas à elle, parce
qu'il s'était décidé à partir dès le lendemain
pour Kazan.

Il ne songeait qu'à ce voyage, à la façon de le
faire, à ce qu'il fallait prendre ; il se disait

qu'une fois là il tirerait tout au clair et alors se tranquilliserait.

Si je n'y vais pas, pensait-il, je suis capable de devenir fou! Il avait peur à cette pensée, il craignait ses propres nerfs. Il était persuadé que, dès qu'il aurait vu lui-même les choses de ses propres yeux, toute cette diablerie s'évanouirait comme son cauchemar de la nuit. Ce voyage ne prendra pas plus d'une semaine, et qu'est-ce qu'une semaine ?... Autrement je n'en serai jamais délivré !

Le soleil levant éclaira sa chambre, mais la lumière du jour ne chassa pas les ombres nocturnes qui s'étaient étendues sur lui, et sa décision resta inébranlable.

Platocha manqua avoir un coup de sang quand Aratof la lui communiqua. Ses jambes défaillirent au point qu'elle dut s'accroupir par terre.

« Comment, à Kazan ? pourquoi à Kazan ? murmurait-elle en écarquillant tout grands ses pauvres yeux myopes. Elle n'aurait pas été plus stupéfaite si elle avait appris que son Yacha allait épouser la boulangère du coin, ou qu'il partait pour l'Amérique. — Et pour longtemps, à Kazan ?

— Je serai de retour dans une semaine, » répondit Aratof en se détournant à demi de sa tante, toujours accroupie par terre.

Platocha allait répliquer, mais il l'arrêta avec une violence inattendue.

« Je ne suis pas un enfant, cria-t-il, tout pâle, les lèvres tremblantes et un éclair de colère dans les yeux. J'ai vingt-cinq ans passés, je sais ce que je fais, et je suis libre de faire ce que je veux. Je ne permettrai à personne... Donnez-moi de l'argent pour le voyage, préparez-moi ma malle avec du linge et des habits, et ne me tourmentez plus. Je reviendrai dans une semaine, Platocha, » ajouta-t-il d'une voix plus douce.

Platocha se releva en geignant et, sans répliquer, se traîna dans sa chambre. Yacha l'avait effrayée.

« Ce n'est pas une tête que j'ai sur les épaules, disait-elle à la cuisinière qui l'aidait à emballer les effets de Yacha ; ce n'est pas une tête, c'est une ruche, et quelles sont les abeilles qui y bourdonnent, je n'en sais rien. Il va à Kazan, ma mère, il va à Kazan ! »

La cuisinière, qui avait vu la veille leur dvornik avoir une longue conversation avec un homme de police, eut un instant l'idée de faire part à sa maîtresse de cette circonstance, mais elle se mordit la langue et se contenta de penser : A Kazan ? pourvu que ce ne soit pas beaucoup plus loin !

Quant à Platocha, elle était tellement bouleversée qu'elle ne prononçait même plus sa prière habituelle ; dans une pareille calamité, Dieu lui-même ne pouvait pas lui venir en aide !

Le jour même, Aratof partit pour Kazan.

XII

Arrivé dans cette ville, il prit à peine le temps de retenir une chambre dans une auberge, et courut à la recherche de la maison de la veuve Milovidof. Pendant tout le voyage, il s'était trouvé dans une sorte de torpeur qui ne l'empêchait pourtant pas de s'occuper du nécessaire, de se transporter du chemin de fer au bateau à vapeur, de dîner aux stations. Il continuait à être persuadé que, *là,* tout s'éclaircirait, et, chassant loin de lui tout souvenir et toutes considérations, il se contentait de préparer dans sa tête le *speech* par lequel il exposerait à la famille de Clara Militch le motif de son voyage. Le voilà enfin arrivé devant la porte ; il se fait annoncer. On le laisse entrer, avec étonnement, mais on le laisse entrer.

La maison de la veuve Milovidof était en effet telle que Kupfer l'avait décrite, et la veuve elle-même semblait être une des marchandes des comédies d'Ostrofski, tout en étant femme d'employé. Son mari avait eu le grade d'assesseur de collège. Non sans quelque hésitation, Aratof, après s'être préalablement excusé de sa hardiesse et de l'étrangeté de sa visite, prononça le *speech* qu'il avait préparé : comme quoi il avait l'intention de rassembler tous les renseignements nécessaires sur la jeune artiste prématurément enlevée au monde. Il ajouta que ce n'était pas une vaine curiosité qui l'amenait, mais bien une profonde sympathie pour un talent dont il avait été l'admirateur (il se servit vraiment du mot : admirateur); et qu'enfin c'eût été un péché de laisser le public dans l'ignorance de ce qu'il avait perdu, et pourquoi ses espérances avaient été frustrées ! Mme Milovidof n'interrompit pas Aratof, elle ne comprenait pas trop bien ce que lui disait ce visiteur inconnu. Elle se contentait de l'examiner curieusement de la tête aux pieds, tout en trouvant qu'il avait l'air modeste, qu'il était habillé convenablement et que, pour sûr, ce n'était ni un vagabond, ni un demandeur d'argent.

« Tout ça, c'est à propos de Katia ? dit-elle, quand Aratof se tut.

— Oui, madame, de votre fille.

— Et vous êtes venu pour cela de Moscou ?

— De Moscou.

— Seulement pour cela ?

— Mais oui. »

Mme Milovidof se redressa tout à coup.

« Vous êtes un auteur ? Vous écrivez dans les journaux ?

— Non, je ne suis pas un auteur, et jusqu'à présent je n'ai pas écrit dans les journaux. »

La veuve baissa la tête, elle ne savait trop que penser.

« Ainsi donc, de votre propre gré ? » demanda-t-elle brusquement.

Aratof ne trouva pas sur-le-champ que répondre.

« Par sympathie, par respect pour le talent, » dit-il enfin.

Le mot de « respect » plut à Mme Milovidof.

« Enfin, dit-elle avec un soupir, quoique je sois mère, et que cela m'ait fait bien du chagrin... un pareil malheur ! tout à coup !... Mais je dois dire qu'elle a toujours été une écervelée, et qu'elle a fini comme une écervelée. Quelle honte, jugez vous-même, pour une mère !... Il faut encore dire merci de ce qu'on l'ait enterrée chrétiennement ! »

Mme Milovidof fit le signe de la croix.

« Dès son enfance, elle ne se soumettait à personne. Elle a abandonné la maison paternelle, et enfin, c'est facile à dire, elle s'est fait actrice. Naturellement je ne lui ai pas refusé ma maison : car je l'aimais après tout, j'étais sa mère. Elle ne pouvait pas cependant vivre chez des étrangers et mendier son pain ! »

Ici la veuve versa quelques larmes.

« Et si, monsieur, reprit-elle, en s'essuyant les yeux avec un des bouts de son fichu, si en effet vous avez une telle intention,... si vous ne machinez pas quelque chose de déshonorant pour nous, mais si, au contraire, vous voulez nous témoigner de l'affection, dans ce cas, causez un peu avec mon autre fille ; elle vous racontera tout mieux que moi.

— Annouchka, cria Mme Milovidof, Annouchka, viens ici ; il y a ici un monsieur de Moscou qui désire causer à propos de Katia. »

On entendit un léger bruit dans la chambre voisine, mais personne ne parut.

« Annouchka ! cria de nouveau la veuve,

Anna Séméonovna, viens donc ici, puisqu'on t'appelle. »

La porte s'ouvrit lentement, et sur le seuil parut une personne, pas très jeune, à l'air maladif, pas jolie, avec des yeux très doux, bons et tristes. Aratof se leva, alla à sa rencontre et se présenta en se recommandant de son ami Kupfer.

« Ah ! Féodor Féodorovitch ? dit la jeune fille à voix basse, et elle prit sans bruit une chaise.

— Eh bien, voilà : cause avec le monsieur, dit Mme Milovidof en se soulevant lourdement de sa place. Il s'est donné beaucoup de peine, il est venu de Moscou tout exprès, et désire avoir des renseignements sur Katia. Quant à moi, monsieur, ajouta-t-elle en se tournant vers Aratof, vous m'excuserez, je m'en vais : affaires de ménage. Avec Annouchka vous pourrez très bien vous expliquer; elle vous parlera et du théâtre et de toutes ces sortes de choses. Elle a de l'esprit ma fille, elle est bien éduquée. Elle parle français, elle lit des livres, tout comme feu sa sœur. On peut dire qu'elle l'a élevée... vous savez, étant beaucoup plus âgée qu'elle, c'était une occupation. »

Mme Milovidof s'éloigna. Resté seul avec Anna, Aratof répéta son petit discours. Mais,

ayant compris du premier regard qu'il avait affaire à une personne bien élevée, il s'étendit un
peu, employa d'autres expressions, et à la fin se
sentit ému, rougit, et son cœur battit plus fort.
Anna l'écoutait en silence, les mains posées
l'une sur l'autre. Un sourire mélancolique ne
quittait pas son visage. Une douleur amère, et
non encore épuisée, se lisait dans ce sourire
même.

« Vous avez connu ma sœur? demanda-
t-elle à Aratof.

— Non, à vrai dire, je ne l'ai pas connue. Je
ne l'ai vue et entendue qu'une seule fois... mais
il suffisait de la voir et de l'entendre une seule
fois...

— Vous voulez écrire sa biographie? » interrompit Anna.

Aratof ne s'attendait pas à cette parole; mais
il répondit immédiatement :

« Pourquoi pas? Il faudrait surtout faire connaître au public... »

Anna l'arrêta du geste.

« Oh! non, non! le public ne lui a fait que
trop de chagrin; et puis, Katia commençait à
peine à vivre. Mais si vous-même... »

Anna regarda Aratof et sourit de nouveau du
même sourire triste, mais un peu plus bienveil-

lant cette fois. Elle semblait se dire : « Oui, tu m'inspires de la confiance. »

« Si vous vous intéressez tant à elle, permettez-moi de vous prier de venir ce soir après dîner. Je ne puis pas, comme cela, tout à coup... Je rassemblerai mes forces, j'essaierai... Ah ! je l'ai trop aimée ! »

Anna se détourna, elle était prête à sangloter. Aratof se leva rapidement de sa chaise, remercia, dit qu'il viendrait certainement, pour sûr, et partit en emportant dans son âme l'impression d'une voix douce et d'yeux sympathiques et tristes, et dévoré par l'anxiété de l'attente.

XIII

Le même jour, Aratof retourna chez les Milovidof, et il eut une conversation de près de trois heures avec Anna. Mme Milovidof avait l'habitude de se coucher aussitôt après le dîner, à deux heures, et reposait jusqu'au thé du soir, à sept heures. La conversation qu'Aratof eut avec la sœur de Clara ne fut pas une conversation proprement dite, car elle parla presque

seule, avec embarras d'abord, puis avec une
animation toujours croissante, un entrain. . On
voyait qu'elle adorait sa sœur. La confiance
qu'Aratof lui inspirait ne faisait que s'accroître.
Sa présence ne la gênait plus ; elle pleura même
en silence devant lui. Il lui semblait digne de
recevoir toutes ses confidences. Dans sa vie
sourde et silencieuse, elle n'avait jamais rencontré rien de semblable... Et lui, il buvait chacune
de ses paroles.

Voici ce qu'il apprit :

Dans son enfance, Clara avait été indubitablement une enfant peu agréable ; et devenue
jeune fille, elle ne s'était guère adoucie. Volontaire, irascible, pleine d'amour-propre, elle était
toujours en guerre, avec son père surtout, qu'elle
méprisait et pour son ivrognerie et pour son in-
capacité. Il le sentait bien ; aussi ne le lui par-
donna-t-il jamais. Ses dispositions musicales se
montrèrent de bonne heure, mais son père ne
fit rien pour les développer. En fait d'art il ne
reconnaissait que la peinture, dans laquelle il
était si peu de chose, mais qui les nourrissait,
lui et sa famille. Clara aimait sa mère négligemment, comme on aime une vieille bonne.
Elle adorait sa sœur, quoiqu'elle se battît avec
elle et qu'elle la mordît souvent. Il est vrai

qu'ensuite elle se mettait à genoux devant elle,
et baisait les endroits mordus. Elle était tout
feu, toute passion, toute contradiction; vindi-
cative et bonne, généreuse et rancunière. Elle
croyait à la destinée et ne croyait pas en Dieu.
(Anna prononça ces derniers mots avec terreur.)
Elle aimait le beau, mais n'avait aucun souci de
sa propre beauté, et s'habillait n'importe comment. Elle ne pouvait souffrir que les jeunes
gens lui fissent la cour, et, dans les livres, ne lisait que les pages où il était question d'amour.
Elle ne voulait pas plaire, n'aimait pas les ca-
resses, et pourtant n'oubliait jamais celles qu'elle
avait reçues, pas plus que les offenses. Elle avait
peur de la mort, et elle finit par se tuer elle-
même. Elle disait quelquefois : « Je ne rencon-
trerai jamais un homme tel que je le veux; et
d'autres, je n'en veux pas. — Et si pourtant tu
le rencontres ? demandait Anna. — Si je le rencontre, je le prends. — Et s'il ne se donne pas ?
— Alors, j'en finirai avec moi-même, cela voudrait dire que je ne vaux rien. » Le père de
Clara demandait quelquefois à sa femme : « De
qui as-tu eu ce démon-là ? Pas de moi, certes. »
Le père de Clara, voulant se débarrasser d'elle,
l'avait fiancée à un jeune marchand très riche,
mais fort benêt, quoique « civilisé ». Quinze

jours avant le mariage, — Clara n'avait que
seize ans, — elle s'approcha de son fiancé, les
bras croisés en tambourinant des doigts sur ses
coudes, — c'était son geste favori. Tout à coup,
pan ! elle appliqua sa grande belle main sur la
joue rose et rebondie du benêt. Il sauta sur ses
pieds et ne put qu'ouvrir la bouche... Il faut
vous dire qu'il était éperdument amoureux
d'elle ! « Pourquoi ? » demanda-t-il. Elle se mit
à rire et sortit de la chambre. « Je me trouvais
là, ajouta la sœur, j'avais été témoin de la chose.
Je courus après elle : « Katia, au nom du ciel,
qu'as-tu fait ? » Et elle de répondre : « Si c'était
un vrai homme, il m'aurait battue ; mais ce n'est
qu'une poule mouillée. Et il demande encore
pourquoi ! Si tu aimes et si tu ne veux pas te
venger, alors souffre en silence et ne demande
pas pourquoi. Jamais il n'aura rien de moi, jamais au grand jamais. » Naturellement, elle ne
l'épousa point. Du reste, bientôt après, elle fit la
connaissance de cette actrice et quitta notre maison. Ma mère pleura un peu ; mais le père se
contenta de dire : « Chèvre rebelle, hors du
troupeau. » Et il ne fit aucune démarche pour
la retrouver. Mon père ne comprenait pas Clara.
La veille de sa fuite, continua Anna, elle manqua m'étouffer dans ses embrassements. Elle

répétait toujours : « Je ne puis pas, je ne puis
pas autrement; mon cœur se brise, mais je ne
puis pas. La cage est trop petite pour mes
ailes... Et puis, on ne peut pas éviter sa destinée. » Après cela, nous nous vîmes rarement.
Quand le père mourut, elle vint pour deux
jours, ne voulut rien de la succession, — elle
était si désintéressée ! — et disparut de nouveau.
Le séjour d'ici lui pesait, je le voyais bien. Elle
ne nous revint que s'étant déjà faite actrice.

Aratof se mit à questionner Anna sur le
théâtre, sur les rôles dans lesquels Clara avait
paru, sur ses succès. Anna répondait en détail,
et toujours avec la même tristesse, avec la même
animation. Elle montra à Aratof une carte photographique qui représentait Clara dans un de
ses costumes. Sur cette carte, elle regardait de
côté comme si elle se fût détournée des spectateurs. Enroulée d'un large ruban, sa lourde
tresse tombait comme un serpent sur son bras
nu. Aratof considéra longtemps la photographie, la trouva ressemblante, demanda si Clara
n'avait pas pris part à quelque lecture publique.
Il apprit que non, qu'elle avait besoin de l'excitation de la scène... Mais une autre question lui
brûlait les lèvres.

« Anna Séméonovna, s'écria-t-il enfin d'une

voix peu élevée mais d'une singulière intensité d'expression, dites-moi, je vous en supplie, pourquoi s'est-elle décidée à cette terrible action ? »

Anna baissa les yeux.

« Je ne sais pas, dit-elle enfin… Devant Dieu, je ne le sais pas, continua-t-elle avec véhémence, s'étant aperçue qu'Aratof avait écarté les deux mains en signe d'incrédulité.

« Dès son arrivée ici, elle était rêveuse, sombre. Quelque chose lui sera arrivé à Moscou que je ne puis deviner. Mais, au contraire, le jour fatal, elle était, sinon plus gaie, du moins plus calme que d'ordinaire. Moi-même je n'avais aucun pressentiment, ajouta Anna avec un amer sourire, comme si elle se le fût reproché.

— Voyez-vous, reprit-elle, on dirait qu'il était écrit que Katia serait malheureuse. Elle en était persuadée dès son enfance. Parfois elle appuyait sa tête sur sa main, le regard perdu devant elle, et disait : « Je ne vivrai pas longtemps! » Elle avait des pressentiments. Imaginez-vous qu'elle *voyait* d'avance, quelquefois en rêve, quelquefois éveillée, ce qui devait lui arriver. « Vivre comme on veut, ou pas du tout! » c'était aussi son mot. « Après tout, notre vie est en notre pouvoir! » Et elle l'a prouvé. »

Anna se couvrit les yeux avec les mains et se tut.

« Anna Séméonovna, fit Aratof après un court silence, vous avez peut-être su à quoi les journaux ont attribué...

— A un amour malheureux ? interrompit Anna en ôtant brusquement les mains de son visage. C'est une calomnie, une calomnie, un mensonge ! Ma pure, mon inabordable Katia !... Et un amour malheureux, repoussé, et je ne l'aurais pas su ! Et qui aurait-elle aimé ici ?... Qui donc, parmi tous ces gens, était digne d'elle ?... Qui s'était élevé jusqu'à cet idéal d'honnêteté, de sincérité, de pureté surtout ?... cet idéal qui, malgré tous ses défauts à elle, lui était toujours présent !... La repousser, elle...! »

Ici, la voix d'Anna se brisa, ses doigts tremblèrent, elle devint toute rouge, rouge d'indignation, et, dans ce moment, pour un seul moment, elle ressembla tout à coup à sa sœur.

Aratof allait s'excuser...

« Écoutez, interrompit Anna, je veux absolument que vous, vous-même, ne croyiez pas à cette calomnie et que vous m'aidiez à la dissiper. Voilà... — vous voulez écrire je ne sais quoi, un article sur elle; — voilà une occasion de défendre sa mémoire. C'est pourquoi je vous parle si franchement. Écoutez, Katia a laissé un journal.

— Un journal ? murmura Aratof.

— Oui, un journal, c'est-à-dire en tout quelques pages. Katia n'aimait pas à écrire; elle n'inscrivait rien pendant des mois entiers. Ses lettres aussi étaient toujours fort courtes ; mais elle était toujours, toujours sincère, elle ne mentait jamais... Mentir avec son amour-propre ! Je vais vous montrer ce journal, vous verrez vous-même s'il s'y trouve la moindre allusion à je ne sais quel amour malheureux. »

Anna prit précipitamment du tiroir de la table un mince cahier d'une dizaine de pages au plus, et le tendit à Aratof. Celui-ci le saisit avec avidité, reconnut immédiatement la grande écriture irrégulière de la lettre anonyme, ouvrit le cahier au hasard, et ses yeux tombèrent sur les lignes suivantes :

« Moscou. Mardi. Juin. — Lu et chanté à une matinée littéraire. C'est un jour significatif pour moi ; il doit décider de mon sort. (Ces mots étaient deux fois soulignés.) J'y ai revu... (Il y avait plusieurs lignes soigneusement effacées, et plus loin :) Non, non, non !... Il faut reprendre son collier... Si pourtant c'était possible!... »

Aratof laissa tomber la main qui tenait le

cahier, et sa tête se pencha lentement sur sa poitrine.

« Mais lisez donc ! s'écria Anna ; pourquoi ne lisez-vous pas ? Reprenez du commencement, vous n'en avez que pour quelques minutes, quoique ce journal renferme près de deux années. A Kazan, elle n'y a plus rien écrit. »

Aratof se leva de sa chaise — et tomba lourdement à genoux devant Anna.

Celle-ci resta comme pétrifiée de surprise et d'effroi.

« Donnez, donnez-moi ce journal, dit Aratof d'une voix entrecoupée, en tendant ses deux mains vers Anna. Donnez-le-moi, et la photographie aussi ; vous en avez certainement une autre... Je vous rendrai le journal..., mais il me le faut ! »

Dans sa supplication, dans le bouleversement de ses traits, il y avait quelque chose de si désespéré, que cela ressemblait presque à de la colère, à de la souffrance. Il souffrait, en effet ; on aurait dit qu'il n'avait jamais pu prévoir ce qui lui arrivait, et c'est avec une sorte de fureur qu'il suppliait de l'épargner, de le sauver.

« Donnez, répétait-il.

— Mais... vous avez donc été amoureux de ma sœur ? » dit enfin Anna.

Aratof continuait à rester à genoux.

« Je ne l'ai vue que deux fois, croyez-moi, et si je n'y étais poussé par des causes que je ne puis ni comprendre ni expliquer…, si je ne sentais pas peser sur moi un pouvoir plus fort que moi-même, je ne me serais pas mis à vous prier… je ne serais pas venu ici. Il me faut ce cahier… N'avez-vous pas dit vous-même qu'il était de mon devoir de réhabiliter sa mémoire ?

— Et vous n'avez pas été amoureux de ma sœur ? » demanda derechef Anna.

Aratof ne répondit pas sur-le-champ et détourna la tête comme pour éviter un coup.

« Eh bien, oui, oui, je l'ai été, et je le suis encore maintenant, » s'écria-t-il, avec un vrai désespoir cette fois.

Des pas se firent entendre dans la chambre voisine.

« Levez-vous, levez-vous, se hâta de dire Anna, voilà maman. »

Aratof se releva.

« Et prenez, prenez le journal, et la photographie aussi. Pauvre, pauvre Katia ! Mais vous me rendrez mon journal ? et si vous écrivez quelque chose, vous me l'enverrez immédiatement, entendez-vous ? »

L'apparition de Mme Milovidof délivra Aratof

de la nécessité de répondre ; il eut cependant le temps de murmurer :

« Vous êtes un ange ; merci, je vous enverrai tout ce que j'écrirai. »

Mme Milovidof, tout endormie encore, ne se douta de rien.

Dès le jour suivant, Aratof partit de Kazan, emportant la photographie dans sa poche. Quant au journal, il l'avait rendu à Anna, mais après en avoir arraché le feuillet sur lequel se trouvaient les mots soulignés.

Pendant le voyage de retour, la même torpeur le reprit, quoiqu'il se réjouît intérieurement d'avoir pourtant atteint son but ; il repoussait obstinément toutes les idées sur Clara. Il pensait beaucoup à sa sœur, à Anna. Voilà, se disait-il, un être excellent ! Quel cœur aimant, quelle absence d'égoïsme et quelle finesse de compréhension ! Et dire que chez nous, en province et dans un pareil milieu, fleurissent de semblables natures ! Elle est maladive, pas jolie, pas très jeune, mais quelle excellente compagne elle serait pour un brave homme ! Voilà de qui on devrait devenir amoureux !

Aratof pensait ainsi, mais une fois arrivé à Moscou, les choses prirent une autre tournure.

XIV

Platonida se réjouit extrêmement du retour
de son neveu. Que ne s'était-elle pas imaginé
pendant son absence ! « Tout au moins en Sibérie ! se disait-elle blottie dans un coin de sa
chambrette, et tout au moins pour un an ! » De
plus, la cuisinière l'effrayait en lui communi-
quant les nouvelles les plus certaines sur la
disparition, tantôt d'un jeune homme, tantôt
d'un autre du voisinage. La complète innocuité
politique de Yacha ne rassurait aucunement la
bonne vieille, parce que : « Que peut-on savoir ?..
Il s'occupe de photographie ?... Cela suffit pour
qu'on le saisisse ! » Et voilà que son Yacha est
revenu sain et sauf ! Elle remarqua, à la vérité,
qu'il avait un peu maigri et que son bon petit
visage était un peu tiré..., mais c'était bien
naturel, personne pour le soigner !... Pourtant
elle n'osa pas le questionner sur son voyage.
Elle demanda pendant le dîner :

« Kazan, c'est une belle ville ?

— Très belle, répondit Aratof.

— Il n'y a là que des Tartares, n'est-ce pas ?

— Pas que des Tartares.

— Et tu n'as pas rapporté une de leurs belles robes de chambre ?

— Non, je n'en ai pas rapporté. »

Et la conversation se termina là.

Mais dès qu'Aratof se trouva seul dans son cabinet, il sentit immédiatement comme si quelque chose l'enveloppait de toutes parts, comme s'il se trouvait sous le pouvoir d'un autre être. Quoiqu'il eût dit à Anna, dans son élan d'exaspération subite, qu'il était amoureux de Clara, ce mot lui semblait maintenant à lui-même privé de sens, tout à fait absurde.

Non, il n'était pas amoureux... Et comment être amoureux d'une morte, qui même ne lui avait pas plu pendant sa vie, et qu'il avait presque oubliée ? Non, mais il était en son pouvoir ; il ne s'appartenait plus, il était *pris*... pris, au point qu'il ne pouvait plus se délivrer, ni en se moquant de sa propre absurdité, ni d'aucune autre façon. Il se rappelle les paroles de Clara, que Anna lui avait répétées : « Si je le rencontre, je le prends... » Et le voilà pris. Mais puisqu'elle est morte !... Oui, son corps... et l'âme ?... Est-ce qu'elle n'est pas immortelle ? Est-ce qu'il lui faut des organes terrestres pour manifester sa puissance ? Voilà ! Le magnétisme nous montre l'influence d'une âme humaine vivante sur une autre âme humaine vivante.... Et pourquoi cette influence ne continuerait-elle pas après la mort, puisque l'âme reste vivante ? Mais dans quel but ? Qu'est-ce qui peut en résulter ?... Mais est-ce que nous comprenons en général le but de tout ce qui se passe autour de nous ?... Ces pensées occupaient Aratof à un tel point que, tout en prenant le thé, il demanda soudain à Platocha si elle croyait à l'immortalité de l'âme.

Celle-ci ne comprit pas d'abord ce qu'on lui demandait, puis elle se signa et dit :

« Par exemple ! qu'est-ce qui serait immortel, si ce n'est une âme ?

— Et s'il en est ainsi, demanda Aratof, peut-elle agir après la mort ? »

La bonne femme répondit que oui, c'est-à-dire qu'elle pouvait prier pour nous, et encore seulement après avoir passé les « sept épreuves » dans l'attente du jugement dernier ; les premiers quarante jours, elle ne fait que voltiger autour de l'endroit où la mort l'a surprise.

« Les premiers quarante jours seulement ?

— Oui, et ensuite commencent les épreuves. »

Aratof admira la précision des informations de sa tante et rentra dans sa chambre. Aussitôt

il ressentit la même chose, le même pouvoir qui
le dominait. Ce pouvoir se montrait, entre
autres, en ce que l'image de Clara se présentait
perpétuellement devant lui, jusque dans les plus
petits détails, jusqu'en des détails qu'il ne se
souvenait pas d'avoir remarqués quand il l'avait
vue. Maintenant il voyait, oui, il voyait... ses
doigts, ses ongles, les poils follets s'allongeant
de ses tempes sur ses joues, un petit signe sous
l'œil gauche; il voyait les mouvements de ses
lèvres, de ses narines, de ses sourcils, et quelle
espèce de démarche elle avait, et comment elle
tenait sa tête un peu penchée du côté droit... il
voyait tout! Non qu'il admirât tout cela, mais il
était impossible de ne pas y penser, impossible
de ne pas le voir. Il ne la vit pourtant pas en
rêve la première nuit après son retour; il dormit d'un sommeil de plomb. Mais aussi, dès
qu'il fut réveillé, elle entra dans la chambre et
s'y installa en maîtresse du lieu. On eût dit que,
par sa mort volontaire, elle avait acheté ce droit,
sans demander aucune permission. Il prit la
carte photographique de Clara, se mit à la repro-
duire, à l'agrandir, puis en fit une carte à stéréoscope. Il ne put s'empêcher de frissonner
lorsqu'il aperçut, à travers le verre, la figure de
la jeune fille ayant pris le relief d'un corps; mais

cette figure était grise, comme couverte de poussière, et ses yeux restaient toujours détournés. Il se mit à les regarder fixement, longtemps, comme s'il espérait que... Voilà, voilà, ils vont se tourner vers lui... mais les yeux restaient immobiles, et toute la figure prenait un aspect de poupée. Aratof se jeta dans un fauteuil, prit le feuillet arraché du journal et pensa :

« On dit que les amoureux baisent les lignes tracées par une main aimée; je n'ai nulle envie de le faire; l'écriture ne me semble pas jolie, mais ces lignes soulignées renferment mon arrêt. »

La promesse faite à Anna d'écrire un article lui revint à la mémoire. Il se mit à la besogne; mais tout ce qui sortait de sa plume était si froid, si forcé, si faux surtout! on eût dit qu'il n'avait aucune foi, ni dans ce qu'il écrivait ni dans ses propres sentiments. Clara elle-même lui semblait incompréhensible : décidément, elle se refusait à lui. Il jeta la plume en se disant que, ou bien il n'avait pas de talent d'écrivain, ou bien il fallait encore attendre. Il pensa à sa visite chez les Milovidof, à cette excellente Anna, et ce mot « intacte » qu'elle avait appliqué à Clara lui revint à l'esprit; ce mot sembla le brûler et l'éclairer tout à la fois.

« Oui, dit-il, intacte, vierge comme je suis vierge moi-même; voilà ce qui lui donne ce pouvoir. »

Les pensées sur l'immortalité de l'âme, sur la vie au delà de la tombe, s'éveillèrent de nouveau dans son esprit. N'est-il pas dit dans la Bible : « Mort, où est ton aiguillon ? » et Schiller n'a-t-il pas écrit : « Les morts aussi vivront. » Et dans Mickiewiecz : « Je t'aimerai jusqu'à la fin des siècles et après la fin des siècles. » Et un écrivain anglais n'a-t-il pas dit : « L'amour est plus fort que la mort? » Le mot de la Bible le frappa surtout; il voulut découvrir l'endroit où se trouve cette parole, mais il n'avait pas de Bible; il alla en demander une à Platocha. Celle-ci fut étonnée; elle lui remit pourtant un vieux livre, dans une reliure en cuir tout racorni, avec des agrafes en cuivre et tout parsemé de vieilles gouttes de cire. Il l'emporta dans sa chambre, et pendant longtemps ne put trouver le texte qu'il cherchait. Mais il en trouva un autre dans l'évangile de saint Jean (ch. xv, v. 13) : « Personne n'a une plus grande charité que celui qui donne sa vie pour ses amis. »

Et il pensa : Le mot n'est pas exact, il aurait fallu dire : « Personne n'a une plus grande puissance... »

« Mais si ce n'était pas pour moi qu'elle a donné sa vie? et si elle n'en a fini avec la vie que parce qu'elle en avait assez?»

Mais ici, il se rappela de nouveau la scène de l'entrevue, ce visage, ces larmes; il entendit de nouveau ces paroles : « Vous ne m'avez pas comprise! »

Non, il ne pouvait pas douter de la raison pour laquelle elle s'était sacrifiée.

Ainsi se passa toute la journée jusqu'à la nuit.

XV

Aratof se coucha de bonne heure, quoique sans grande envie de dormir. La tension de ses nerfs lui causait une lassitude plus pénible que la fatigue purement physique du voyage. Il éteignit la lumière. Une obscurité profonde se fit dans la chambre. Il restait couché, les yeux fermés, sans pouvoir dormir. Tout à coup il lui sembla qu'on lui murmurait à l'oreille :

« C'est le bruit du sang, ce sont les battements du cœur, pensa-t-il. »

Mais voici que le murmure devient des mots...
Quelqu'un parle en russe, avec hâte, avec l'accent d'une plainte, mais de façon inintelligible.

Aratof ne peut saisir aucune parole distincte,
mais... c'est la voix de Clara.

Aratof ouvrit les yeux, se souleva, s'accouda;
la voix devint plus faible, mais elle continuait sa
plainte hâtive et confuse... et c'était indubitablement la voix de Clara.

De légers arpèges parcoururent rapidement les
touches du pianino... puis la voix reprit, plus
forte maintenant;... des sons répétés suivirent,
toujours plus distincts, puis enfin se détachèrent
des paroles :

« Des roses ! des roses ! des roses !

— Des roses ! murmura Aratof. Ah ! oui, les
roses que j'ai vues sur la tête de la femme du
rêve.

— Des roses ! entendit-il de nouveau.

— Est-ce toi ? demanda Aratof, toujours à
voix basse. »

La voix se tut.

Aratof attendit quelque temps, puis laissa
retomber sa tête sur l'oreiller. Une hallucination
de l'ouïe, pensa-t-il. Mais si... si pourtant elle
était ici, tout près de moi ?... Si je la voyais,
m'effraierais-je ou me réjouirais-je ? Mais, pour-

quoi m'effrayer, pourquoi me réjouir ? Serait-ce parce que j'y verrais une preuve qu'il y a un autre monde, que l'âme est immortelle ? Mais si même je voyais quelque chose, cela pourrait être tout aussi bien une hallucination de la vue...

Il alluma pourtant la lumière, parcourut d'un rapide regard, non sans quelque terreur, toute la chambre. Il n'y trouva rien d'extraordinaire. Il se leva, s'approcha du stéréoscope... Toujours cette poupée grise avec ses yeux détournés. Un sentiment de dépit remplaça celui de terreur chez Aratof. Il avait l'air d'être trompé dans son attente, et cette attente même lui parut ridicule.

« C'est absurde, à la fin ! » murmura-t-il en se recouchant et en soufflant la bougie.

De nouveau l'obscurité profonde. Aratof était cette fois bien décidé à s'endormir... Mais une nouvelle impression surgit. Il lui sembla que quelqu'un se tenait au milieu de la chambre et respirait faiblement et longuement... Il se retourna brusquement, ouvrit les yeux... Mais que pouvait-on distinguer dans ces ténèbres ?... Il se mit à chercher à tâtons une allumette... et tout à coup il lui sembla qu'un grand coup de vent, silencieux et mou, avait traversé toute la chambre, l'avait traversé lui-même, et les mots :

« C'est moi ! » retentirent distinctement. « C'est moi ! c'est moi ! »

Quelques instants se passèrent avant qu'il parvînt à rallumer sa bougie. Il n'y avait personne dans la chambre, et il n'entendait plus que le battement précipité de son cœur. Il but une gorgée d'eau et resta immobile, la tête sur la main. Il attendait ; il s'était dit : Je veux attendre ! Ou ce ne sont que des folies, ou elle est ici... Elle ne viendra pas jouer avec moi comme le chat avec la souris. Il attendit longtemps, si longtemps, que la main qui soutenait sa tête en fut tout engourdie. Ses yeux se fermaient ; il les rouvrait de nouveau, ou du moins il lui semblait qu'il les rouvrait... Sa bougie était presque éteinte, la chambre à demi assombrie, et, dans cette demi-obscurité, la porte blanchissait confusément en tache allongée. Voici que cette tache glisse, disparaît, et à sa place, sur le seuil, apparaît une figure féminine. Aratof regarde fixement.

Ah ! c'est Clara, cette fois !

Elle le regarde aussi fixement... elle a sa couronne de roses sur la tête... et elle marche droit à lui... Un grand frisson secoue Aratof... il se soulève... Devant lui se tient sa tante, en camisole blanche, un bonnet de nuit sur la tête et un nœud de ruban couleur de feu sur le bonnet.

« Platocha! murmura avec difficulté Aratcf, c'est vous!

— C'est moi, Yacha, répondit Platonida.

— Pourquoi êtes-vous venue?

— Mais c'est toi qui m'as réveillée. Tu as commencé par gémir, et puis tout à coup tu as crié : « Sauvez-moi! Au secours! »

— J'ai crié, moi?

— Oui, toi, et encore d'une voix si enrouée : « Au secours! » Je me suis dit : Seigneur, ne serait-il pas malade? Et je suis venue... Mais tu te portes bien?

— Parfaitement.

— Alors, tu as fait quelque mauvais rêve... Veux-tu que je brûle un peu d'encens? »

Aratof jeta un regard sur sa tante et partit d'un éclat de rire. La figure de la bonne vieille dans ce bonnet de nuit, avec ce nœud bizarre au-dessus de son visage long et effrayé, était d'un effet très comique. Tout ce surnaturel qui entourait Aratof, qui l'étouffait, disparut en un clin d'œil.

« Non, Platocha, ma petite colombe, je n'en ai pas besoin. Pardonnez-moi, je vous prie, de vous avoir effrayée. Dormez tranquillement, je ferai de même. »

Platonida resta quelque temps encore, montra du doigt la bougie, grommela :

« Pourquoi ne l'as-tu pas éteinte ? Un malheur est si vite arrivé !

Et, en s'en allant, elle ne put s'empêcher de faire trois signes de croix dans la direction de son neveu.

Aratof s'endormit immédiatement et dormit très bien jusqu'au matin.

Il se leva dans une excellente disposition d'humeur, quoiqu'il lui semblât qu'au fond il regrettait quelque chose. Il se sentait léger et libre. Quelles folies romantiques ! se disait-il à lui-même en souriant. Il ne regarda pas une seule fois ni le stéréoscope ni le feuillet arraché, et, aussitôt après le déjeuner, il alla chez Kupfer. Il ne se rendait pas bien clairement compte de ce qui l'y poussait.

XVI

Aratof trouva son ami à la maison. Il bavarda un peu avec lui, lui fit des reproches de les avoir oubliés, lui et sa tante, écouta quelques nouvelles de la « femme d'or », de la princesse, dont lui, Kupfer, venait de recevoir de Jaroslaf une calotte en drap d'or avec de la broderie en écailles de poisson ; puis, s'asseyant devant lui, il le regarda droit dans les yeux et lui dit qu'il avait été à Kazan.

« Tu as été à Kazan ? Pour quoi faire ? »

— Mais... pour rassembler des renseignements sur cette Clara.

— Sur celle qui s'est empoisonnée ?

— Oui. »

Kupfer hocha la tête.

« Voyez-vous ce petit innocent du bon Dieu ! il s'est fendu de mille verstes — aller et retour. Eh ! pourquoi faire ? Si au moins il y avait eu là un intérêt féminin ! Oh ! alors, dans ce cas, je comprends toutes les folies ! »

Ici Kupfer s'ébouriffa les cheveux.

« Mais pour rassembler des matériaux, comme vous dites, vous autres savants, serviteur ! Il existe pour cela des bureaux de statistique. Eh bien ! tu as fait la connaissance de la vieille, de la sœur ? Une admirable jeune fille, n'est-ce pas ?

— Admirable, en effet, dit Aratof. Elle m'a communiqué beaucoup de choses curieuses.

— T'a-t-elle dit comment Clara s'est empoisonnée ?

— Comment?

— Oui, de quelle façon ?

— Non, elle était encore si affligée, que je n'ai pas trop osé la questionner. Y avait-il quelque chose de particulier ?

— Mais certainement ! Imagine-toi, elle devait jouer ce jour même au théâtre... et elle a joué. Elle avait emporté avec elle un flacon de poison ; elle l'a bu avant le premier acte et elle a joué ainsi tout ce premier acte avec du poison dans le corps. Quelle force de volonté ! Quel caractère ! Et l'on dit que jamais encore elle n'avait rendu son rôle avec autant de chaleur, autant de sentiment. Le public ne soupçonne rien, applaudit, rappelle ; et, dès que le rideau tombe, elle aussi, paff! sur la scène. Des convulsions, des convulsions ; et, une heure après, plus personne! Mais est-ce que je ne t'ai pas raconté tout cela? Ça se trouvait dans les journaux. »

Les mains d'Aratof devinrent tout à coup froides, et quelque chose se mit à lui trembler dans la poitrine.

« Non, tu ne me l'as pas raconté, dit-il enfin. Et tu ne sais pas quelle était la pièce? »

Kupfer se mit à rêver.

« On me l'a bien nommée, cette pièce. Il y

paraît une jeune fille qu'on a trompée, ou qui s'est trompée... un drame, en tout cas. Clara était née pour les rôles dramatiques. Rien que son extérieur... Mais où vas-tu donc ? s'interrompit Kupfer voyant qu'Aratof prenait son bonnet.

— Je ne me sens pas très bien, répondit Aratof. Adieu, je reviendrai une autre fois. »

Kupfer l'arrêta par le bras et l'examina de près.

« Quel homme nerveux tu fais, frère ! Regarde-toi un peu : tu es jaune comme de la terre glaise.

— Je ne suis pas bien, » répéta Aratof. Et, se débarrassant de Kupfer, il partit.

Ce n'est que dans cet instant qu'il comprit le motif de sa visite à Kupfer : c'était pour parler encore de Clara, de l'infortunée, de l'insensée Clara.

Pourtant, de retour à la maison, il redevint calme. Les circonstances qui avaient accompagné la mort de Clara avaient commencé par l'ébranler profondément ; mais ensuite, ce jeu au théâtre, avec le poison dans le corps, selon l'expression de Kupfer, lui sembla une pose monstrueuse, une bravade. Il tâcha même de ne plus y penser, craignant d'exciter en lui-

même un sentiment pareil au dégoût. Pendant
le dîner avec Platocha, il se souvint de l'apparition nocturne de sa tante, de cette camisole
écourtée, de ce bonnet de nuit avec son ruban
couleur de feu, de toute cette figure comique à
la vue de laquelle, comme au coup de sifflet du
machiniste dans une féerie, toutes ses visions
s'étaient écroulées en poussière... Il fit même répéter à sa tante comment son cri l'avait effrayée,
comment elle avait bondi hors de son lit, comment, pendant quelque temps, elle n'avait pu
trouver ni sa porte ni celle d'Aratof, etc... Le
soir, il joua avec elle aux cartes, et rentra dans
sa chambre, un peu plus triste, mais aussi calme
qu'auparavant.

Aratof ne pensait pas à la nuit qui approchait; il était sûr qu'il la passerait on ne peut
mieux. La pensée de Clara lui revenait bien par
moments, mais il la chassait aussitôt; il la chassait dès qu'il se rappelait la façon tapageuse
dont elle s'était donné la mort. Cette laideur
faisait du tort aux autres souvenirs qu'elle avait
laissés. Ayant jeté en passant un regard sur le
stéréoscope, il lui sembla même que, si elle dé-
tournait les yeux, c'était par honte.

Le portrait de la mère d'Aratof était accroché
juste au-dessus du stéréoscope. Il le descendit

de son clou, l'examina longuement, l'embrassa
et l'enferma soigneusement dans un tiroir de sa
table. Pourquoi ?... Est-ce parce que ce portrait
ne devait pas se trouver dans le voisinage de
l'autre ? Ou pour quelle raison ? Il n'aurait pu
le dire ; mais le portrait de sa mère réveilla en
lui le souvenir de son père, qu'il avait vu mourant dans cette même chambre, dans ce même
lit. « Et toi, père, que penses-tu de tout ceci ?
demanda-t-il. Tu dois tout comprendre ; toi-
même tu as cru à ce monde des esprits, si prompt
à s'ingérer dans les choses humaines... Donne-
moi un conseil. »

Il m'aurait donné le conseil de jeter de côté
toutes ces folies, ajouta-t-il à haute voix, et il
prit un livre. Mais il ne put lire longtemps ; et,
sentant une sorte d'appesantissement dans tout
son être, il se coucha plus tôt que d'habitude,
bien persuadé qu'il allait s'endormir sur-le-
champ. Ce qui arriva ; mais son attente d'une
nuit tranquille ne se réalisa pourtant point.

XVII

Minuit n'avait pas fini de sonner, qu'il eut un rêve étrange et menaçant.

Il se voit dans une belle maison de campagne, dont il est le propriétaire. Depuis peu il a acheté cette maison et le domaine environnant; il est riche; et pourtant il se dit toujours : « C'est très bien, mais cela finira mal ! » Autour de lui frétille un petit homme, son intendant, qui ne cesse de rire, de saluer, et qui veut lui montrer comme tout dans la maison et dans le domaine est en bon ordre. « Daignez venir, venez, répète-t-il en faisant un *hihi* entre chaque mot. Voyez comme tout est admirable chez vous. Voyez ces chevaux, quelles superbes bêtes ! » Et Aratof voit une rangée d'énormes chevaux dans des stalles; leurs crinières, leurs queues, sont magnifiques; mais dès qu'Aratof passe devant eux, toutes les têtes se tournent à la fois de son côté et lui montrent de longues dents ricanantes. « C'est bien, pensa Aratof, mais le mal va venir. »

« Daignez passer dans le jardin, répète l'ob-séquieux intendant. Voyez quelles belles pommes vous avez ! »

En effet, les pommes sont très belles, rondes et rouges... mais dès qu'Aratof les regarde, elles se flétrisssent... et tombent... — Le mal va venir, pense Aratof.

« Et voici le lac, continue l'intendant. Voici le lac; regardez comme il est bleu et uni... et voici un petit bateau en or. Désirez-vous faire une promenade? Entrez dedans, il nagera de lui-même.

— Je n'y entrerai pas, pense Aratof. Le mal va venir ! — Et pourtant il entre, il s'assied... Au fond du bateau se tient accroupi un petit être, semblable à un singe, il tient dans sa petite main un flacon avec une liqueur brune. « Ne vous inquiétez nullement, lui crie du rivage l'intendant; ce n'est rien, ce n'est que la mort. Bon voyage! » Le bateau part comme une flèche... et voilà que tout à coup fond un tourbillon, non comme celui de la veille, silencieux et mou, mais noir, hurlant, terrible. Tout se confond alentour et, au milieu de ce vertige de ténèbres, il voit Clara, en costume de théâtre, qui approche de ses propres lèvres un flacon de poison... Des bravos lointains éclatent et une voix bru-

tale crie à l'oreille d'Aratof : « Ah ! tu as cru que
tout finirait en comédie ?... Non, c'est une tragédie... une tragédie ! »

Tout éperdu, Aratof se réveille... Il ne fait
pas sombre dans la chambre... une faible lueur
glisse on ne sait d'où et éclaire tous les objets,
triste et immobile... Aratof ne se rend pas
compte d'où vient cette lumière, il ne sent
qu'une chose : Clara est ici, dans cette chambre,
il en a la conscience absolue... Il est de nouveau
et pour toujours en son pouvoir... et de ses lèvres s'arrache le cri :

« Clara, tu es ici ? »

Dans la lueur immobile de la chambre s'entend distinctement le mot : Oui !

Aratof répète d'un souffle éteint la question...

« Oui !

— Alors je veux te voir ! s'écrie Aratof. Et il
saute hors de son lit. »

Il resta quelque temps à la même place, les
pieds nus sur le plancher froid. Ses regards erraient.

« Où donc ?... où ? murmuraient ses lèvres
tremblantes. Rien à voir, rien à entendre ! Il regarda avec attention tout alentour, et vit que
la faible lumière qui remplissait la chambre venait d'une veilleuse entourée d'une feuille de

papier, posée dans un coin. C'est probablement Platocha qui l'a mise là. Il sentit même une odeur d'encens... encore la tante! Il s'habilla à la hâte, car il ne pouvait penser à rester au lit, puis il s'arrêta au milieu de la chambre, croisa les bras. La sensation de la présence de Clara était en lui plus forte que jamais, et il se mit à parler d'une voix basse, mais avec une lenteur solennelle, ainsi que l'on prononce les conjurations :

— Clara, ainsi commença-t-il, si tu es réellement ici, si tu me vois, si tu m'entends, apparais! Si ce pouvoir que je sens sur moi est ton pouvoir, apparais! Si tu comprends combien est amer en moi le remords de ne t'avoir pas comprise, de t'avoir repoussée, apparais! Si ce que je viens d'entendre est en effet ta voix, si ce sentiment qui s'est emparé de moi est l'amour, si tu sais maintenant que je t'aime, moi, qui jusqu'à présent n'ai aimé ni connu aucune femme, moi, vierge comme toi; si tu sais que même après ta mort je me suis mis à t'aimer passionnément, éperdument; si tu ne veux pas que je devienne fou, apparais, apparais, Clara! »

Aratof avait à peine eu le temps de prononcer cette dernière parole, qu'il sentit quelqu'un s'approcher rapidement de lui par derrière, comme le jour de l'entrevue, et lui poser la main sur l'épaule... Il se retourna et ne vit personne... mais la certitude de la présence de Clara était devenue si intense, si indubitable, qu'il se retourna de nouveau.

Qu'est-ce? Dans son fauteuil, à deux pas de lui, se tient assise une femme, tout en noir, la tête détournée et penchée, comme dans le stéréoscope... C'est elle! c'est Clara! mais quel visage triste et sévère!

Aratof se mit lentement à genoux... Oui, il avait eu raison l'autre jour... il n'éprouvait ni effroi ni plaisir, pas même de l'étonnement... son cœur même battait moins vite... il n'y avait en lui qu'un seul sentiment : « Ah! enfin, enfin! »

« Clara, reprit-il d'une voix faible mais égale, pourquoi ne me regardes-tu pas? Je sais que c'est toi, et pourtant je puis encore croire que mon imagination a créé une image pareille à celle-là (et il désignait de la main le stéréoscope). Prouve-moi que c'est toi, tourne-toi vers moi, regarde-moi, Clara! »

La main de Clara se souleva lentement et retomba de nouveau.

« Tes yeux!... tes yeux!... » murmura Aratof.

Et la tête de Clara se tourna lentement, ses

paupières baissées se soulevèrent et deux prunelles sombres se fixèrent sur Aratof.

Il se rejeta en arrière :

« Ah ! » fit-il avec un long frémissement.

Les yeux de Clara restaient fixés sur lui, et
ses traits conservaient la même expression
grave, rêveuse, presque mécontente. C'est avec
cette même expression qu'elle avait paru sur
l'estrade le jour de la matinée musicale, avant
d'avoir aperçu Aratof. Mais, comme cette fois
aussi, elle rougit tout à coup, ses traits s'animè-
rent, son regard s'alluma et un sourire heureux,
un sourire de triomphe éclaira ses lèvres.

« Tu as vaincu et je suis pardonné, cria
Aratof. Prends-moi, car tu m'as pris, je suis à
toi et tu es mienne ! »

Elle allait s'élancer vers lui, mais c'est lui qui
se précipita sur elle ! Il voulait embrasser ces
lèvres qui souriaient, ces lèvres triomphantes...
et il les embrassa... il sentit leur attouchement
brûlant... il sentit même la fraîcheur humide de
ses dents blanches... et un cri déchirant, un cri
de volupté mourante retentit dans la chambre
subitement obscurcie.

Accourue à ce cri, Platocha le trouva sans
connaissance... Il était encore à genoux, sa tête
était tombée sur le fauteuil, ses deux bras éten-

dus pendaient inertes. Son visage pâle respirait un bonheur inexprimable.

Platonida tomba à côté de lui, le prit à bras-le-corps, ses pauvres bras faibles essayèrent de le soulever.

« Yacha! mon petit Yacha! mon pauvre petit Yachonet! » répétait-elle... Il ne bougeait pas.

Alors Platonida se mit à crier comme une folle; la servante accourut. A elles deux, elles le soulevèrent tant bien que mal, l'assirent, se mirent à l'asperger d'eau où elles avaient trempé une sainte image.

Il revint à lui; mais, aux questions de la tante il ne répondait que par des sourires, avec une expression si béate, qu'elle n'en fut que plus effrayée, et elle se mit à faire des signes de croix, tantôt sur lui, tantôt sur elle-même.

Aratof finit par écarter sa main et, gardant cette même expression sur son visage, prononça :

« Mais qu'avez-vous donc, tante ?

— Toi, qu'as-tu, Yachinka ?

— Moi ? je suis heureux ! heureux, Platocha, voilà ce que j'ai... et maintenant je désire dormir. »

Il voulut se lever, mais il éprouvait une si grande faiblesse dans les jambes et dans tout son

corps, que sans l'aide de sa tante et de la servante il lui eût été impossible de se déshabiller.
Une fois couché, il s'endormit aussitôt. Son visage conservait toujours la même expression,
exaltée et bienheureuse, mais ce visage était bien
pâle.

VIII

Le lendemain matin, quand Platonida entra
dans la chambre, elle le trouva dans la même
position. Sa faiblesse n'avait pas diminué, et il
préféra rester au lit. La pâleur de son visage déplaisait surtout à Platonida.

« Mon Dieu, Seigneur ! pensa-t-elle, pas une
goutte de sang aux joues, et il refuse du bouil-
lon ; le voilà, couché, il ne fait que sourire et as-
surer qu'il se porte tout à fait bien ! Mon Dieu,
qu'est-ce que cela signifie ? »

Aratof refusa également de déjeuner.

« Qu'est-ce, Yacha ? demanda Platonida.
As-tu l'intention de rester couché comme ça tout
le jour ?

— Pourquoi pas ? » répondit Aratof d'un air
caressant.

Cet air caressant déplut encore à Platonida. Aratof avait l'air d'un homme qui vient d'apprendre un grand secret, très heureux pour lui et qu'il cache avec un soin jaloux. Il attendait la nuit, non avec impatience, avec curiosité.

« Quoi encore?... se demandait-il. Qu'est-ce qui peut encore arriver ? »

Il avait complètement cessé de s'étonner ; il ne doutait plus qu'il fût entré en communication avec l'âme de Clara. Il doutait aussi peu de leur amour mutuel... Mais quel peut être le résultat d'un pareil amour ? Il se rappelait ce baiser, et une sorte de froid rapide et doux lui parcourait tous les membres.

Roméo et Juliette n'ont pas échangé un plus beau baiser, pensait-il. Mais, une autre fois, je saurai mieux résister. Elle viendra à moi avec une couronne de petites roses sur ses cheveux noirs...

Mais, plus loin, ensuite ?

Nous ne pouvons cependant pas vivre ensemble !... Il faudra donc que je meure pour être avec elle ! N'est-ce pas pour cela qu'elle est venue, et n'est-ce pas ainsi qu'elle veut me prendre ?

Eh bien, quoi ! mourir ? la mort ne m'effraye

nullement. Elle ne peut pas me détruire. « Où
est, Mort, ton aiguillon ? » Au contraire, ce
n'est que comme cela, et là, que je serai heureux, comme je ne l'ai jamais été dans ma vie,
comme elle non plus ne l'a jamais été !... Car
nous sommes vierges tous les deux !... Oh ! ce
baiser !

Il y a des gens, pensait-il encore, qui, s'ils ap-
prenaient tout ceci, me prendraient pour un fou.
Si ces gens savaient quelle sérénité règne à présent dans mon esprit !

Et il souriait de nouveau.

Platonida entrait sans cesse dans la chambre
d'Aratof, ne le tourmentait que par des questions, le regardait, murmurait, soupirait, et s'en
allait bien vite pour revenir aussitôt. Mais le
voilà qui refuse aussi de dîner... Cela devenait
grave ! Elle alla chercher le médecin du quartier,
en qui on avait confiance par la seule raison qu'il
ne buvait pas d'eau-de-vie et qu'il avait épousé
une Allemande. Aratof fut étonné lorsqu'elle le
lui amena ; mais Platonida se mit à supplier si
instamment son Yachinka de permettre à Paramon Paramonitch, — ainsi se nommait le médecin, — de le visiter, ne fût-ce que pour elle,
qu'Aratof consentit. Paramon Paramonitch lui
tâta le pouls, lui regarda la langue, posa quel-

ques questions, et finit par déclarer qu'il était
nécessaire de procéder à une auscultation. Aratof était dans une disposition d'humeur si con-
ciliante, qu'il y consentit également. Paramon
Paramonitch lui découvrit avec délicatesse la
poitrine, la frappa, y appliqua son oreille, fit
deux hum! hum! bien sentis, et prescrivit des
gouttes et une potion ; il conseilla surtout au
malade de rester tranquille et de se garder de
toute émotion forte.

« Tu t'y prends trop tard, mon bon, » pensa
Aratof.

— Voyons, qu'a Yacha? » demanda Platonida
sur le seuil de la porte, en fourrant un assignat
de trois roubles dans la main de Paramon Paramonitch.

Le médecin du quartier qui, comme tous nos
docteurs d'aujourd'hui, surtout ceux qui por-
tent l'uniforme, aimait à briller par des termes
scientifiques, lui déclara que le neveu offrait tous
les symptômes dioptriques d'une névrose car-
dialgique, et que, en outre, il y avait de la fé-
brilité.

« Parle plus simplement, petit père, dit Platonida avec sévérité. Ne nous effraye pas avec
ton latin, tu n'es pas chez un apothicaire.

— Le cœur n'est pas en ordre, se hâta d'ex-

16

pliquer le médecin, et il y a aussi un peu de fièvre. »

Puis il répéta sa recommandation de modération et de tranquillité.

« Mais il n'y a pas de danger? demanda avec la même sévérité Platonida. Et ne te refourre pas dans ton latin!

— Jusqu'à présent, il n'y en a pas. »

Platonida resta tout interdite. Elle envoya chercher les médicaments, mais, malgré toutes ses prières, Aratof refusa de les prendre. Il refusa même le thé pectoral!

« Pourquoi vous agitez-vous ainsi, ma petite colombe? lui disait-il. Je vous jure que je suis à présent l'homme le plus heureux et le mieux portant de toute la terre. »

Platonida ne faisait que hocher la tête. Vers le soir, il eut un peu de chaleur, mais il exigea qu'elle ne restât pas dans la chambre et qu'elle allât dormir chez elle. Platonida obéit, mais ne se déshabilla ni ne se coucha. Assise dans son fauteuil, elle tendait l'oreille et murmurait ses prières.

Elle allait pourtant s'endormir, quand un cri terrible, un cri déchirant, la réveilla en sursaut. Elle se précipita dans la chambre d'Aratof, et, comme la veille, le trouva par terre, évanoui.

Mais il ne revint pas à lui comme la veille, quoi qu'on fît. Un transport au cerveau se déclara, compliqué d'une inflammation du cœur. Quelques jours plus tard, il était mort.

Une circonstance étrange accompagna ce second évanouissement. Quand on le coucha dans son lit, on trouva dans sa main droite fermée une petite boucle de cheveux noirs de femme. D'où venait cette boucle de cheveux? Anna Séméonovna avait bien une pareille boucle qui lui était restée de Clara, mais pourquoi aurait-elle donné à Aratof une chose qui lui était si précieuse? L'avait-elle mise par mégarde dans le journal de sa sœur, et l'y avait-elle oubliée?

Dans son délire, Aratof se donnait le nom de Roméo après l'empoisonnement; il parlait de son mariage accompli et réalisé, de la jouissance suprême qu'il connaissait à présent...

Bien affreux fut pour la pauvre Platocha le moment où Aratof, revenu à lui pour un instant et l'ayant aperçue auprès de son lit, lui dit :

« Tante, pourquoi pleures-tu? De ce que je dois mourir? Ne sais-tu donc pas que l'amour est plus fort que la mort? Ce n'est pas pleurer, c'est se réjouir qu'il faut... se réjouir comme je le fais maintenant. »

Et, de nouveau, sur le visage du mourant rayonna ce sourire de béatitude qui resserrait si douloureusement le cœur de la pauvre vieille.

UN

INCENDIE EN MER[1]

C'était au mois de mai 1838. Je me trouvais, avec beaucoup d'autres passagers, sur le bateau le *Nicolas Ier*, qui faisait le trajet entre Saint-Pétersbourg et Lübeck.

Comme, dans ce temps-là, les chemins de fer étaient encore peu florissants, tous les voyageurs prenaient la route de mer. Par cette même raison, beaucoup d'entre eux emmenaient leur chaise de poste pour continuer leur voyage en Allemagne, en France, etc.

Nous avions, je m'en souviens, vingt-huit voitures de maître. Nous étions bien deux cent quatre-vingts passagers, dont une vingtaine d'enfants.

1. Texte original dicté en langue française par l'auteur en juin 1883, trois mois avant sa mort.

J'étais très jeune alors, et, ne souffrant pas du mal de mer, je m'amusais beaucoup de toutes les nouvelles impressions. Il y avait à bord quelques dames, remarquablement belles ou jolies. (La plupart sont mortes, hélas !)

C'était la première fois que ma mère me laissait partir seul, et j'avais dû lui jurer de me conduire sagement, et surtout de ne pas toucher aux cartes... et ce fut précisément cette dernière promesse qui fut enfreinte la première.

Un soir, en particulier, il y avait grande réunion dans le salon commun, entre autres plusieurs banquiers bien connus à Pétersbourg. Ils jouaient chaque soir à la banque (sorte de lansquenet), et les pièces d'or, qu'on voyait alors plus souvent qu'à présent, faisaient un cliquetis étourdissant.

L'un de ces messieurs, voyant que je me tenais à l'écart, et n'en sachant pas la raison, me proposa brusquement de prendre part à son jeu. Comme, avec la naïveté de mes dix-huit ans, je lui expliquai la cause de mon abstention, il partit d'un éclat de rire ; et, s'adressant à ses compagnons, il s'écria qu'il avait trouvé un trésor : un jeune homme n'ayant jamais touché une carte, et par cela même prédestiné à avoir une chance énorme, inouïe, une vraie chance d'innocent!... Je ne sais comment cela se fit, mais, dix minutes plus tard, j'étais à la table de jeu, les cartes plein la main, ayant une part assurée et jouant, jouant comme un fou.

Il faut avouer que le vieux proverbe n'avait pas menti. L'argent venait à moi à flots ; deux monceaux d'or s'élevaient sur la table, des deux côtés de mes mains tremblantes et couvertes de sueur. Le banquier qui m'avait entraîné ne cessait de me pousser, de m'exciter... Vrai, je croyais ma fortune faite !... Tout à coup la porte du salon s'ouvre toute grande, une dame s'y précipite, crie d'une voix éperdue et mourante : « Le feu est au bâtiment! » et tombe évanouie sur le sopha. Ce fut comme une commotion violente ; chacun s'élança de sa place ; l'or, l'argent, les billets de banque roulèrent, s'éparpillèrent de tous côtés, et nous nous précipitâmes tous dehors. Comment n'avions-nous pas remarqué plus tôt la fumée qui nous envahissait déjà ? Je n'y conçois rien ! L'escalier en était déjà plein. Des reflets d'un rouge épais, d'un rouge de charbon de terre éclataient par-ci par-là. En un clin d'œil tout le monde fut sur le pont. Deux larges tourbillons de fumée montaient des deux côtés de la cheminée et le long des mâts, et un vacarme effroyable s'éleva pour ne plus cesser. Ce fut un désordre indicible; on sentait que le sentiment de la conservation s'était violemment emparé de tous ces êtres humains, de moi tout le premier. Je me rappelle avoir saisi un matelot par le bras, et de lui avoir promis 10,000 roubles de la part de ma mère, s'il parvenait à me sauver. Le matelot, naturellement, ne pouvait prendre mes paroles au sérieux, il se dégagea de mon étreinte, et moi-même je n'insistai pas, voyant bien que ce que je disais n'avait pas le sens commun. Du reste, ce que je voyais autour de moi n'en avait guère plus. On a bien raison de dire que rien n'égale le tragique, si ce n'est le comique, d'un naufrage en mer. Par exemple, un riche propriétaire, saisi de terreur, rampait à terre en baisant frénétiquement le plancher, puis, comme l'eau abondamment jetée dans les ouvertures des magasins à charbon avait momentanément dompté la violence des flammes, il se redressa de toute sa hauteur, et s'écria d'une voix de tonnerre : « Hommes de peu de foi, avez-vous pu croire que notre Dieu, le Dieu des Russes, nous abandonnerait? » Mais à l'instant même les flammes jetèrent une poussée plus vive, et le pauvre homme de beaucoup de foi retomba à quatre pattes et se remit à baiser le plancher. Un général, l'œil hagard, ne cessait de crier : « Il faut envoyer un courrier à l'Empereur ! On lui a envoyé un courrier lors de la révolte des colonies militaires, où j'étais, moi, en personne, et cela a servi à sauver quelques-uns d'entre nous ! » Un monsieur, le parapluie à la main, se mit tout à coup à crever avec fureur un mauvais petit portrait à l'huile attaché à son chevalet (qui se trouvait là, parmi les bagages), en perçant avec la pointe de son parapluie cinq trous à la place des yeux, du nez, de la bouche et des oreilles. Il accompagnait cette destruction d'exclamations : « A quoi cela peut-il servir maintenant ? » Et cette toile ne lui appartenait pas ! Un gros personnage, tout inondé de larmes, ayant l'air d'un brasseur allemand, ne cessait de vociférer d'une voix larmoyante : « Capitaine ! capitaine ! » Et lorsque le capitaine, impatienté, le saisit à la fin par le collet de son habit et lui cria : « Eh bien, quoi ? Je suis le capitaine. Voyons, que voulez-vous ? » Le gros personnage le regarda d'un air hébété et se remit à geindre : « Capitaine ! »

Ce fut pourtant ce capitaine qui nous sauva la vie à tous. Premièrement, en changeant, au dernier moment où l'on pouvait encore entrer dans la machine, la direction de notre navire, qui, en filant tout droit sur Lübeck, au lieu de virer brusquement sur la côte, aurait infailliblement brûlé avant d'arriver au port; et deuxièmement, en ordonnant aux matelots de tirer leurs coutelas et de faire impitoyablement main basse sur toute personne qui essaierait de toucher à l'une des deux chaloupes qui nous restaient encore, les autres ayant chaviré par l'inexpérience des passagers qui avaient voulu les mettre à la mer.

Les matelots, Danois pour la plupart, avec leurs figures énergiques et froides, et le reflet presque sanguinolent des flammes sur les lames de leurs couteaux, inspiraient un respect involontaire. Il faisait une assez forte bourrasque, elle fut encore augmentée par l'incendie qui hurlait dans un grand tiers du bâtiment. Je dois avouer, n'en déplaise à mon sexe, que les femmes, dans cette circonstance, montrèrent plus de courage que la plupart des hommes. Pâles et blanches, la nuit les avait surprises dans leurs lits (elles n'avaient guère que leurs couvertures pour vêtement), et tout incrédule que j'étais déjà alors, elles me semblèrent des anges descendus du ciel pour nous faire honte et nous donner du cœur.

Du reste, il y eut aussi des hommes qui montrèrent de la bravoure. Je me rappelle surtout un M. D.....ff, notre ex-ambassadeur de Russie à Copenhague : il avait ôté ses souliers, sa cravate, son veston dont il avait attaché les manches sur la poitrine — et, assis sur un gros câble tendu, les pieds ballants, il fumait tranquillement son cigare, et nous regardait les uns après les autres d'un petit air de pitié narquoise. Quant à moi, je m'étais réfugié sur une des échelles extérieures, et j'étais assis sur l'une des dernières marches. Je regardais avec stupeur l'écume rouge qui bouillonnait au-dessous de moi, et dont quelques flocons sautaient jusqu'à mon visage, et je me disais : « Voilà donc où il faudra périr, à dix-huit ans! » Car j'étais bien décidé à me laisser noyer plutôt que griller. La flamme se voûtait au-dessus de moi, et je distinguais bien son hurlement de celui des vagues.

Non loin de moi, sur la même échelle, était assise une petite vieille, quelque cuisinière, probablement, d'une des familles qui étaient embarquées pour l'Europe. La tête enfoncée dans ses mains, elle semblait murmurer des prières.

— Tout à coup, elle jeta sur moi un regard rapide, et, soit qu'elle crût lire sur mon visage une détermination funeste, soit par toute autre raison, elle saisit mon bras, et d'une voix presque

suppliante, elle me dit avec insistance : « Non,
Barine, personne n'a le droit de disposer de sa
propre vie, vous pas plus qu'un autre. Il faut
subir le sort que la Providence vous envoie,
sans cela ce serait un suicide, et vous seriez puni
dans l'autre monde. »

Je n'avais eu aucune envie de me suicider,
mais, par une sorte de bravade bien inexplicable
dans ma position, je fis deux ou trois fois semblant de mettre à exécution l'intention qu'elle
me prêtait, et chaque fois la pauvre vieille se
précipitait vers moi pour m'empêcher d'accom-
plir ce qui était à ses yeux un grand crime. A la
fin, saisi d'une sorte de honte, je m'arrêtai. En
effet, pourquoi jouer ainsi la comédie en présence d'une mort, qu'en ce moment, je croyais
vraiment imminente et inévitable? Du reste, je
n'eus pas le temps de me rendre compte de cette
bizarrerie des sentiments, ni d'admirer le
manque d'égoïsme (ce qu'on nommerait aujour-
d'hui l'*altruisme*) de la pauvre femme, car dans
ce moment les hurlements des flammes au-dessus de nos têtes redoublèrent de violence; mais
dans ce même moment aussi, une voix d'airain
(ce fut celle de notre ange sauveur), une voix
éclata au-dessus de nous : « Que faites-vous là,
malheureux? vous allez périr, suivez-moi! » Et

aussitôt, sans savoir qui nous appelait, ni où il fallait aller, nous nous levâmes, la bonne femme et moi, comme poussés par un ressort, et nous nous lançâmes à travers la fumée, à la suite d'un matelot en veste bleue, que nous voyions devant nous grimper le long d'une échelle de corde. Sans savoir pourquoi, je grimpai derrière lui sur cette échelle ; je crois que dans ce moment, s'il s'était jeté à l'eau ou s'il avait fait n'importe quoi d'extraordinaire, je l'aurais aveuglément imité. Après avoir gravi deux ou trois échelons, le matelot sauta lourdement sur le haut d'une des voitures dont le bas commençait déjà à flamber. Je sautai après lui ; j'entendis la vieille sauter après moi ; puis, du haut de cette première voiture, le matelot sauta sur une seconde voiture, puis sur une troisième ; moi toujours derrière lui — et nous nous trouvâmes ainsi sur le devant du vaisseau.

Presque tous les passagers étaient rassemblés là. Des matelots, sous la surveillance du capitaine, étaient occupés à descendre à la mer une de nos deux chaloupes, heureusement la plus grande. Par-dessus l'autre bord du navire, j'aperçus, vivement éclairée par l'incendie, la falaise abrupte qui descend vers Lübeck. Il y avait certainement près de deux kilomètres jusqu'à

17

cette falaise. Je ne savais pas nager. — L'endroit sur lequel nous étions échoués (car nous l'étions sans nous en être doutés), était probablement assez peu profond, mais les vagues étaient très hautes. Pourtant, dès que j'eus aperçu la falaise, la persuasion que j'étais sauvé s'empara de moi — et à la stupéfaction des personnes qui m'entouraient, je fis plusieurs bonds en l'air, en criant : « Hip! hip! hourrah! » Je ne voulus pas m'approcher de l'endroit où la foule se pressait pour arriver à l'escalier qui menait à la grande chaloupe. Il y avait là trop de femmes, de vieillards et d'enfants ; et puis, moi, depuis la vue de la falaise, je ne me pressais plus, j'étais sûr de mon salut. Je remarquai avec étonnement que presque aucun des enfants n'avait peur, que quelques-uns même s'endormaient sur l'épaule de leur mère. Aucun ne périt.

J'aperçus au milieu du groupe des passagers un général de haute taille, les vêtements tout ruisselants d'eau, qui se tenait immobile, appuyé contre un banc placé horizontalement, qu'il venait de détacher du vaisseau. J'appris que dans un premier moment de terreur il avait brutalement repoussé une femme qui voulait passer avant lui pour sauter dans une des premières embarcations qui avaient sombré. Saisi par un

steward qui l'avait rejeté sur le vaisseau, le vieux
soldat eut honte de sa couardise momentanée, et
il se jura de ne quitter le navire que le dernier,
après le capitaine. Il était de grande taille, pâle,
avec une écorchure sanglante au front, et pro-
menait autour de lui des regards contrits et ré-
signés, comme s'il eût demandé pardon.

Pendant ce temps, je m'étais approché du
côté gauche du vaisseau, et j'aperçus notre petite chaloupe dansant sur les vagues comme un
joujou ; deux matelots qui s'y trouvaient faisaient
signe aux passagers de risquer le saut. Mais ce
n'était pas chose facile, le *Nicolas I*er était un
vapeur de haut bord, et il fallait tomber bien
d'aplomb pour ne pas faire chavirer la chaloupe. Enfin je me décidai : je commençai par
poser mes pieds sur une chaîne d'ancre qui était
tendue le long du bâtiment à l'extérieur, et j'allais m'élancer, quand une masse lourde et molle
vint s'abattre sur moi. Une femme s'était cram-
ponnée à mon cou et pendait inerte le long de
mon corps. J'avoue que mon premier mouvement fut de m'emparer violemment de cette
main, et de me débarrasser de cette masse en la
jetant par-dessus ma tête ; mais fort heureusement je ne suivis pas ce premier mouvement-là.
Le choc faillit nous précipiter tous les deux

dans la mer, mais par bonheur il se trouva là, flottant devant mon nez, pendant de je ne sais où, un bout de corde auquel je m'accrochai d'une main avec rage, m'écorchant jusqu'au sang... puis, jetant un regard au-dessous de moi, je m'aperçus que moi et mon fardeau nous nous trouvions juste au-dessus de la chaloupe, et... à la grâce de Dieu! je me laissai glisser... le bateau craqua dans toutes ses jointures... « Hourrah! » crièrent les matelots.

Je déposai ma compagne évanouie au fond du bateau, et me retournai aussitôt vers le navire, où j'aperçus une quantité de têtes, de femmes surtout, qui se pressaient fiévreusement le long du bord. « Sautez! » m'écriai-je en tendant les bras. Dans cet instant, la réussite de ma hardiesse, la conviction d'être isolé des flammes, me donnaient une force et un courage indicibles; et je reçus les trois seules femmes qui se décidèrent à sauter dans ma chaloupe avec autant de facilité que l'on attrape des pommes au temps de la cueillette. Il est à remarquer que chacune de ces dames poussa un cri perçant au moment de se jeter du haut du navire, et arrivée au bas était évanouie. Un monsieur, probablement affolé, faillit tuer une de ces malheureuses en jetant une lourde cassette qui se brisa en tombant dans

notre bateau, et laissa voir un assez riche nécessaire. Sans me demander si j'avais le droit d'en
disposer, je fis immédiatement présent de cette
cassette aux deux matelots, qui la reçurent avec
tout aussi peu de scrupule. Puis aussitôt nous
fîmes force de rames vers le rivage, accompagnés
des cris « Revenez vite! renvoyez-nous la chaloupe! » Aussi, dès qu'il n'y eut plus qu'un
mètre de profondeur d'eau, fallut-il descendre.
Une pluie fine et froide s'était mise à tomber
depuis une heure, sans avoir aucun effet sur
l'incendie, mais elle nous trempa définitivement
jusqu'aux os.

Enfin nous parvînmes à ce bienheureux rivage qui n'était qu'une vaste mare de boue li-
quide et gluante, où l'on enfonçait jusqu'aux
genoux. Notre barque s'éloigna rapidement et
se mit, ainsi que la grande chaloupe, à faire la
navette du navire au rivage. Peu de voyageurs
avaient péri, huit en tout : l'un était tombé dans
la soute au charbon, un autre s'était noyé pour
avoir voulu emporter tout son argent sur lui —
ce dernier, dont je savais à peine le nom, avait
joué aux échecs avec moi pendant une grande
partie de la journée, et il y avait mis un tel
acharnement que le prince W..., qui suivait
notre partie, finit par s'écrier : « On dirait que

vous jouez comme s'il s'agissait entre vous de vie ou de mort! » Quant aux bagages, ils furent presque tous perdus, ainsi que les voitures.

Dans le nombre des dames échappées du naufrage, il y en avait une, madame T..., fort jolie et fort aimable, mais encombrée de ses quatre petites filles avec leurs bonnes; aussi restait-elle abandonnée sur la plage, les pieds nus, les épaules à peine couvertes. Je crus devoir faire mon galant chevalier, ce qui me coûta mon veston que j'avais conservé jusque-là, ma cravate et même mes bottes; en outre, un paysan avec une charrette attelée de deux chevaux, que j'avais été chercher en haut de la falaise et que j'avais envoyé en avant à la rencontre des naufragées, ne jugea pas à propos de m'attendre, et partit pour Lübeck avec toutes mes voyageuses, de sorte que je restai seul, à demi nu, trempé jusqu'aux os, en présence de la mer, où notre vaisseau achevait lentement de se consumer. Je dis bien achevait, car jamais je n'aurais cru qu'une aussi grande « machine » pût être *aussi rapidement* détruite. Ce n'était plus qu'une large tache flamboyante posée immobile sur la mer, sillonnée par les contours noirs des cheminées et des mâts, et que des mouettes parcouraient d'un vol lourd et indifférent — puis un grand panache de cendres parsemé de petites étincelles qui s'éparpillaient en vastes lignes courbes sur les flots déjà moins agités. N'est-ce que cela? pensai-je, et toute notre vie n'est-elle qu'une pincée de cendres qui se disperse au vent?

Heureusement pour le philosophe qui commençait à claquer des dents, un autre charretier vint me ramasser. Le brave homme se fit payer deux ducats, mais en compensation il m'enveloppa de sa grosse houppelande, et me chanta deux ou trois chansons mecklembourgeoises qui me parurent assez jolies. C'est ainsi que je gagnai Lübeck au lever du soleil; j'y retrouvai mes compagnons d'infortune, et nous partîmes pour Hambourg.

Là nous trouvâmes vingt mille roubles argent que l'empereur Nicolas, précisément alors de passage à Berlin, nous avait envoyés par un aide de camp. Tous les hommes se réunirent, et il fut décidé que cette somme serait offerte aux voyageuses. Ceci nous était d'autant plus facile, qu'à cette époque, tout Russe venant en Allemagne y jouissait d'un crédit illimité. Il n'en est plus de même maintenant!

Le matelot auquel j'avais promis au nom de ma mère des sommes exorbitantes s'il me sau-

vait la vie, vint réclamer l'exécution de ma promesse. Mais comme je n'étais pas bien sûr de
son identité, et que d'ailleurs celui-là n'avait
rien du tout fait pour moi, je lui offris un thaler
qu'il accepta avec reconnaissance.

Quant à la pauvre vieille cuisinière qui avait
témoigné tant d'intérêt pour le salut de mon
âme, je ne l'ai plus revue, — mais pour celle-là,
rôtie ou noyée, je suis bien sûr qu'elle a sa place
marquée au paradis.

DISCOURS

PRONONCÉ

SUR LA TOMBE DE I. TOURGUÉNEFF

LE 1er OCTOBRE 1883

PAR

M. RENAN [1]

Nous ne laisserons point partir sans un adieu le cercueil qui va rendre à sa patrie l'hôte de génie qu'il nous a été donné, pendant de longues années, de connaître et d'aimer. Un maître en l'art de juger les choses de l'esprit vous dira le secret de ces œuvres exquises, qui ont charmé notre siècle. Tourguéneff fut un écrivain éminent; ce fut surtout un grand homme. Je ne

1. Nous avons pensé que nos lecteurs nous sauraient gré de mettre sous les yeux, à la fin de ce volume, les nobles paroles prononcées par M. Renan sur la tombe de l'illustre écrivain russe.

vous parlerai que de son âme, telle qu'elle m'est
apparue dans la douce retraite que lui avait
ménagée parmi nous une illustre amitié.

Tourguéneff reçut du décret mystérieux qui
fait les vocations humaines le don noble par
excellence : il naquit essentiellement impersonnel. Sa conscience ne fut pas celle d'un individu
plus ou moins bien doué par la nature : ce fut,
en quelque sorte, la conscience d'un peuple.
Avant de naître, il avait vécu des milliers d'années ; des suites infinies de rêves se concentraient
au fond de son cœur. Aucun homme n'a été à ce
point l'incarnation d'une race entière. Un monde
vivait en lui, parlait par sa bouche ; des générations d'ancêtres perdus dans le sommeil des
siècles, sans paroles, arrivaient par lui à la vie
et à la voix.

Le génie silencieux des masses collectives est
la source de toutes les grandes choses. Mais la
masse n'a pas de voix. Elle ne sait que sentir et
bégayer. Il lui faut un interprète, un prophète
qui parle pour elle. Qui sera ce prophète ? Qui
dira ces souffrances, niées par ceux qui ont intérêt à ne pas les voir, ces secrètes aspirations,
qui dérangent l'optimisme béat des satisfaits ?
Le grand homme, Messieurs, quand il est en
même temps homme de génie et homme de

cœur. Voilà pourquoi le grand homme est le moins libre des hommes. Il ne fait pas, il ne dit pas ce qu'il veut. Un Dieu parle en lui ; dix siècles de douleur et d'espérance l'obsèdent et le commandent. Parfois il lui arrive, comme au Voyant des antiques récits de la Bible, qu'appelé pour maudire, il bénit ; selon l'Esprit qui souffle, sa langue ne lui obéit pas.

C'est l'honneur de cette grande race slave, dont l'apparition sur l'avant-scène du monde est le phénomène le plus inattendu de notre siècle, de s'être tout d'abord exprimée par un maître aussi accompli. Jamais les mystères d'une conscience obscure et encore contradictoire ne furent révélés avec une aussi merveilleuse sagacité. C'est que Tourguéneff à la fois sentait et se regardait sentir ; il était peuple et il était d'élite. Il était touché comme une femme et impassible comme un anatomiste, désabusé comme un philosophe et tendre comme un enfant. Heureuse la race qui, à ses débuts dans la vie réfléchie, a pu être représentée par de telles images, naïves autant que savantes, réelles et mystiques en même temps !

Quand l'avenir aura donné la mesure des surprises que nous réserve cet étonnant génie slave, avec sa foi fougueuse, sa profondeur d'intuition,

sa notion particulière de la vie et de la mort,
son besoin de martyre, sa soif d'idéal, les pein-
tures de Tourguéneff seront des documents sans
prix, quelque chose comme serait (si on pouvait
l'avoir) le portrait de tel homme de génie dans
son enfance. Ce rôle d'interprète d'une des
grandes familles de l'humanité, Tourguéneff en
voyait la périlleuse gravité. Il sentait qu'il avait
charge d'âmes, et, comme il était honnête
homme, il pesait chacune de ses paroles; il
tremblait pour ce qu'il disait et ce qu'il ne disait
pas.

Sa mission fut ainsi toute pacificatrice. Il était
comme le Dieu du *Livre de Job,* qui « fait la
paix sur les hauteurs ». Ce qui ailleurs produisait le déchirement devenait chez lui principe
d'harmonie. Dans sa large poitrine, les contra-
dictoires s'embrassaient; l'anathème et la haine
étaient désarmés par les magiques enchante-
ments de son art.

Voilà pourquoi il est la gloire commune d'é-
coles entre lesquelles existent tant de dissenti-
ments. Cette grande race, divisée parce qu'elle
est grande, retrouve en lui son unité. Frères ennemis, que sépare une diverse façon de conce-
voir l'idéal, venez tous à sa tombe; tous vous
avez droit de l'aimer, car il vous appartenait à

tous, il vous tenait tous dans son sein. Admirable privilège du génie! Les côtés répulsifs des choses n'existent pas pour lui. En lui tout se réconcilie : les partis les plus opposés se réunissent pour le louer et l'admirer. Dans la région où il nous transporte, les mots dont s'irrite le vulgaire perdent leur venin. Le génie fait en un jour ce que font les siècles. Il crée une atmosphère de paix supérieure où ceux qui furent adversaires se trouvent en définitive avoir été collaborateurs; il ouvre l'ère de la grande amnistie, où ceux qui se sont combattus dans l'arène du progrès dorment côte à côte en se donnant la main.

Au-dessus de la race, en effet, il y a l'humanité, ou, si l'on veut, la raison. Tourguéneff fut d'une race par sa manière de sentir et de peindre; il appartenait à l'humanité tout entière par une haute philosophie, envisageant d'un œil ferme les conditions de l'existence humaine et cherchant sans parti pris à savoir la réalité. Cette philosophie aboutissait chez lui à la douceur, à la joie de vivre, à la pitié pour les créatures, pour les victimes surtout. Cette pauvre humanité, souvent aveugle assurément, mais si souvent aussi trahie par ses chefs, il l'aimait ardemment. Il applaudissait à son effort spontané vers le bien et le vrai. Il ne gourmandait pas ses illusions ; il ne lui en voulait pas de se plaindre. La politique de fer qui raille ceux qui souffrent n'était pas la sienne. Aucune déception ne l'arrêtait. Comme l'univers, il eût recommencé mille fois l'œuvre manquée ; il savait que la justice peut attendre; on finira toujours par y revenir. Il avait vraiment les paroles de la vie éternelle, les paroles de paix, de justice, d'amour et de liberté.

Adieu donc, grand et cher ami. Ce qui va s'éloigner de nous n'est que ta cendre. Ce qu'il y eut d'immortel en toi, ton image spirituelle, nous restera. Puisse ton cercueil être, pour ceux qui viendront le baiser, un gage d'union en une même foi au progrès libéral ! Et quand tu reposeras dans la terre de ta patrie, puissent tous ceux qui salueront ta tombe avoir un souvenir sympathique pour la terre lointaine où tu trouvas tant de cœurs qui surent te comprendre et t'aimer !

TABLE

—

Paris. — Typ. G. Chamerot, 19, rue des Saints-Pères. — 17844.